Bibliographische Information
durch die Deutsche Nationalbibliothek:
Die Deutsche Nationalbibliothek
verzeichnet diese Publikation in der
Deutschen Nationalbibliographie;
detaillierte bibliographische Daten sind
im Internet über http://dnb.-d-nb.de
abrufbar

Frau Eva Alexander
in
dankbarer Verbundenheit

ISBN: 978-3-8370-1602-4
© Copyright 2007: sämtliche Rechte
bei der Autorin (alexa-rostoska@web.de)
Herstellung und Verlag: www.bod.de
Book on Demand GmbH, Norderstedt
Umschlagbild: Ilona von Hüls
Umschlaggestaltung+Textüberarbeitung:
Norbert Strzoda, DR: nstrzoda@web.de
Cartoon: christiane_ley@yahoo.de

Alexa Rostoska

Mir träumte...

Lyrische Petits Fours

Inhaltsverzeichnis

Vorwort

Petits Fours – das sind kleine, glasierte Gebäck-Stückchen: klassisch würfelförmig, aber auch wie Mini-Törtchen geformt.

Wir genossen sie gern im Winter zur blauen Stunde, aber auch an lauen Sommerabenden auf der Terrasse am offenen Kamin und erzählten uns dabei allerlei kleine Geschichtchen und lasen uns gegenseitig Gedichte vor.

Manches ist dabei auch aus meiner Phantasie in die Feder geflossen und konnte ein wenig zur Unterhaltung beitragen, aber auch zum Träumen und Nachdenken anregen.

Nun lade ich meine Leserinnen und Leser ein, es sich - vielleicht bei einem aromatischen Tee oder einem Glas Wein - gemütlich zu machen und ganz nach Belieben das eine oder andere von diesen lyrischen Petits Fours nach dem Zufallsprinzip herauszusuchen und auf sich wirken zu lassen ...

Genuß und Vergnügen dabei wünscht Ihnen

Alexa Rostoska
alexa-rostoska@web.de

Auf den Spuren der Träume

Könnten doch
meiner Seele Flügel wachsen,
schneller zu fliegen
als die Träume im Morgengrauen!

Sie erreichte vor ihnen
den wundersamen Ort,
wohin jene heimlich entschwinden,
könnte sie auffangen,
ihre Schleier lüften,
festhalten die strahlenden Farben,
die Formen plastischer Bilder,
die sonst in flächenhafte Schatten
im Tagesanbruch zurückweichen:
ins vernebelnde Ungewisse,
ohne Abschiedsgruß dich zurücklassen
wie ein mutterloses Kind:

ein bißchen wie ein mißlungener Tod
ist wohl jeder Abschied,
der traurig stimmt.
Wir haben den Umgang
noch immer nicht erlernt -
wie auch, wenn keiner ihn lehrt?

Der Adler

Mir träumte....
ein Adler ergriff und entführte mich
unter seinen weiten Schwingen
zu fernem, unbekannten Ziel:
und dann gab es nur noch den Adler
und der Adler war ich
und ich glitt ohne Flügelschlag
über steile Felsen,
die Federn in wechselnden Winkeln
in südlicher Strömung.

Ein Sonnenstrahl weckte mich:
Adler heißt deine Sehnsucht
über dich hinaus:
Angst vor dem Unbekannten
wirf ab als erdschweren Ballast –
du sollst leicht sein
und wendig über den Dingen,
doch mit Adlerblick -
Felsen und Meer in deinen Augen

8

Der Wolf überlebt

Mir träumte...
ich flehte dich an,
den Krieg zu beenden.
Doch deine Gestalt –
nicht von Fleisch und Blut –
war von Marmor mit steinerner Miene:
wie dich erreichen?
Wie begegnen der Starrheit und Kälte?

Ein Wolf lieh mir sein Gebiß,
die Zähne zu fletschen,
sein Fell gegen den Frost und den Mut,
ums Überleben zu kämpfen.

Die steinerne Gestalt zerfiel,
der Wolf lag ächzend im Schnee –
blutend aus inneren Wunden -
und über seinem schönen weichen Fell
kreisten die Geier:

einem der Vögel fiel
ein Schafspelz aus dem Schnabel...
spät – doch nicht zu spät,
den Wolf zu schützen und zu tarnen

Erdbeben

Mir träumte...
Brücken schwankten,
Häuser bebten,
alles Feste,
scheinbar Verläßliche
bewegte sich:

Ich rannte nicht
mit den anderen,
verweilte verwundert
ohne lähmendes Entsetzen...

Bebendes Erleben - wie überleben?
Die Frage stellte sich nicht.....
merkwürdig – dachte ich
und erwachte......

Der große Stein

Mit träumte...
eine Hand ruhte
auf einem großen Stein,
entschwand alsdann
langsam wie aus Versehen...

doch im Marmor klaffte ein tiefer Riß
und aus der Spalte
schoß lebendes Grün hervor,
eine Blume zu werden,
ein Strauch oder ein Baum?

Von durchdringender Kraft
und Daseinswillen beseelt –
und aus den Tiefen der Felsen
vielstimmiger Choral –
ein Hohelied des Lebens:
ich bin – ja - und ich will....

In kargem Felsenland erwachend
stand ich auf und ging,
den Stein zu finden,
der auf meine Hand
schon solange wartet.....

Kühnes Begehren –
Ritt über den See
in gleißender   Mondnacht,
in greifendem Sprung
nicht die Hufe vom Wasser benetzt,
pfeifender Wind in den Haaren,
smaragdenes Leuchten der Tiefe...
Sieh mich nicht an ...frag nicht ...
denk ...wenn du nicht anders kannst:
.... es war wohl der Wein....

* * *

Ahnst du hinter
diesem Lachen das Weinen ?
Hinter Gegensätzlichem
ist ja so vieles verborgen:
hinter Stummheit der schrille Schrei,
die Ausweglosigkeit in hastenden Schritten.

Lesen lernen mußt du in Gesichtern,
an Händen, Füßen, Gebärden.
Menschen rennen
in ihren Käfigen auf und ab,
deren Gitter sie selber schmiedeten
aus ererbten, erworbenen Zwängen.

Wer weiß denn schon,
daß die Türe kein Schloß hat,
 - nur lose angelehnt -
sich so leicht öffnen läßt!

Hinrichtung

Mir träumte..
man führte mich
zu meiner Hinrichtung
in weißem Gewand:
ohne Angst oder Trauer,
nicht gefesselt
oder bedroht
schritt ich
unter den Augen der Menge.

Angekommen an vorbereiteten Ort
stieg ich in einen weißen Sarg,
empfing stehend von Richterhand
den Stacheldiadem,
der sich tief in meine Kopfhaut senkte.

Ich spürte keinen Schmerz,
nur weihevolles Ritual
und eine Weihe in mir:
geglücktes Sterben, das befreite...
stand und lächelte

und die Menge lief
aufgebracht auseinander,
konnte nicht begreifen,
fühlte sich um das erwartete
Spektakel betrogen....

Lichtnoten

Lichtgelbe Noten -
ins Orange sich verdichtend –
tanzen auf dunklem,
tiefblauem Grund...

....und ich hör´ keine Klänge...
Was sind Noten ohne Klänge?
Zerbrochen in sinnlosem Flehen?
Lieber Klänge ohne geschriebene Noten
als das...!

Warte, sei still, hab´ Geduld!
Verzeih – ich will!
Laß sie tanzen, sie schwingen,
fühlst du´s?
Nicht danach greifen,
spüren... geschehen lassen...
und jetzt?

Schwingungen erlebst du, siehst du ...
an solche Klänge erinnern
sich wenige... und du weinst?
Jetzt weißt du wieder.....
hattest vergessen.....
du weißt und wirst ruhig:

sind gegen dich viele,
mit dir wenige – einer – gar keiner –
was tut´s?

Du mußt diesem Ruf folgen
allen Hindernissen zum Trotz:
gegen die Vielgötter,
die Leichtmeinung,
die dummdreisten
und überklugen Barrieren,
du mußt,
wenn du die Lichtnoten hören willst!
Du mußt!...

Menschen werden dir nicht beistehen,
eher hindern, verführen -
verlorene Zeit!
Du w i r s t gehen!
Früher oder später!
Geh gleich und froh und leicht!
Zwar ehrt dich Zwiespalt,
doch er hält dich nur auf ...
geh – gleich - j e t z t ...!!

Manchmal sind Tränen wie Perlen

Viele Tränen fließen heute Nacht
aus geschlossenen Lidern
die Wangen herab zu den Mundwinkeln hin,
die sacht beginnen zu lächeln:
unsichtbare Linien der Schwere
weichen zärtlicher Berührung
künftigen Glücks.
Manchmal sind Tränen wie Perlen,
Meeresschaum und Mondlicht:
Silbrig-blauer
Urwassergöttin Geschmeide -
schimmernder Glanz vereint
mit den ersten Strahlen
des Sonnenaufgangs
am Saum erwachender Gestade,
die der Morgen aus dem Ungewissen
näher, deutlicher formt.
Ahnungen erreichen dich
zwischen Tag und Traum,
Gesichter aufsteigenden Nebels,
Gestalten, Zeichen zeigen sich dir ,
lassen sich nicht zwingen.
Sanft bitten mußt du,
daß sie ein wenig verweilen,
ihr Flüstern zu verstehen,
und in die Stille lauschen.
Drängendes Greifen läßt
dichte Schleier fallen
und ins Unfaßbare entschwinden,

was als zarte Botschaft
an deine Schwelle trat.
Frage nie aus Neugier,
nur, wenn du wirklich wissen willst:
manchmal wird es ein Befehl sein,
der dich aus deinen Träumen reißt
und ... dem du gehorchen mußt!!

Meine Traurigkeit

Mir träumte..
mich umarmte eine verhüllte Gestalt
mit festem, klammernden Griff,
ließ mich kaum atmen,
stach mir ins Herz
mit blankem, scharfem Stahl:
blutend, betäubt, gelähmt
sollte ich – mir selbst überlassen –
zu Boden gehen.
Sie aber wollte unerkannt
hinter schwarzen Schleiern entschwinden.
Ich stellte sie,
riß ihr die Maske vom Gesicht
und erkannte:
meine Traurigkeit.
Sie war verführerisch schön,
lächelnd in vernichtender Grausamkeit.
Sie öffnete den Mund
und schaudernd sah ich
ihre blutigen Zähne...

Die „Menschenliebe"

Mir träumte …
eine hübsche Gestalt
bewegte sich anmutig
in tanzenden Schritten:
bin ich nicht schön,
bin ich nicht nett,
schaut mich an,
wie ich lächele:
ich bin die „Menschenliebe".

Ein Ritter preschte heran
auf schnaubendem Roß:
Lügnerin, du!
„Menschenverachtung" bist du
im Gewand der Heuchelei!
In tausend Fetzen zerreiße
mein Schwert dein Lügengewebe,
daß Lug und Trug offenbar wird
und du aufhörst,
mit huldvollem Lächeln
Menschen zu demütigen,
die an dich glauben.

Entblößt enteilte sie
mit haßerfüllten Blicken
und geifernder Fratze
und entkam – zu spät erkannt –
einmal mehr den wütenden Verfolgern…

Die Mondsichel

Mir träumte ....
Ein schmaler Mond stand am Himmel
in tiefer, sternenübersäter Nacht...
und es wuchs ihm ein silberner Griff
und eine Hand nahm ihn vom Himmel
und der Griff wurde zu Holz
und es wurde eine Sichel daraus:

sie ging durch wild überwucherte Felder,
raffte hinweg alle verschlingenden Pflanzen
und es wuchsen
riesengroße leuchtende Blumen...
die Sichel war verschwunden
und der Mond stand wieder
zwischen den funkelnden Sternen...

Mozart: Konzert für Flöte und Harfe
2. Satz

Die Seele schwingt:
strahlende Akkorde
umarmen ein liebliche Melodie.
Doch die Flöten weinen ein wenig
neben der Harfe,
deren Himmelstöne trösten,
entschweben lassen wollen
allzu irdischen Tränen.
Und doch tropfen sie unaufhaltsam
und schimmernd – in einem Glanz
von künftigem Lächeln versilbert-
von den gezupften Saiten,
gesellen sich
zu den kleinen Notenpunkten,
sind wie unsichtbare Blumen
zwischen den strengen Linien
und die Schlüssel
verschwiegener Schlösser,
hinter denen Geheimnisse wohnen:
eine Zauberwelt,
die sich nicht von selbst erschließt,
wartet, deiner Sehnsucht
Flügel zu schenken,
dich fliegen zu lassen
zu deiner weitesten Ferne,
die schon immer zu deinen Füßen lag;
die du niemals sehen kannst,
wenn du nur mit den Augen siehst,

niemals hören kannst,
wenn du nur mit den Ohren hörst.
Manchmal mußt du dich neigen,
vielleicht sogar knien,
um zu begreifen....

* * *

Silvester-Feuerwerk

Geheime Wünsche - kühne Hoffnungen
schießen in die kalte Mitternacht,
daß der Himmel blühend
das neue Jahr empfange
im Feuerreigen funkelnder Ideen.

Sieh diesen Lichtertanz,
bewahr´ dir die Bilder,
ehe sie verglühend
zur Erde sinken:
vergessene Gleichnisse
aus fernen Kindertagen.
Vielleicht besuchen sie dich
in deinen Träumen..
und wenn du dich leiten läßt,
darfst du ein wenig mit ihnen fliegen
in jene Sternenwelt,
aus der du kommst,
in die du gehen wirst...

Zwischen Tag und Traum

Sonderbare Stimmung
zwischen Tag und Traum:
schlaflos, in abgehobener Wachheit,
die entfesselt schwebt
und die Gedanken entläßt,
anderem Raum zu geben
aus seltsamer Ferne:
Farben erst, dann Formen
singen, bewegen sich tanzend ...

Anders sind diese sich fügenden Bilder,
ganz anders als Traumgesichte:
Vortraum-Visionen treten
in ein Bewußtsein
anderer Bedeutsamkeit.
Schluckt der Schlaf sie
und die kommenden Träume,
sind sie verloren – erst einmal
...scheinbar...

In den unseligen Speicherkammern
der verdrängten Wahrheiten
lassen sie sich nicht
für immer einsperren.
Sie kehren wieder:
Gestalten, Zeichen, Bilder...
sie kommen und klopfen an:
in sonderbarer Stimmung
zwischen Tag und Traum ...

Nie vergessene Träume
in einem Nachen
durch dunkle grüne Gewässer
schäumender Fluß
über rund gewaschene Steine
bizarre Klippen
reißende Strömung
die keine Ruhe kennt
an lieblich-winkenden Ufern
naher Verlockung
nahen Zielen entschwindend
Ruf nur in sich
Scheinfrieden blumiger Wiesen
durchschneidend
oft gesungene falsche Lieder
übertönend-verschlingend
in gewaltigem Rauschen
einer Sehnsucht nur folgend
unerbittlich allen Hindernissen zum Trotz:
münden - vereinigen - vergehen -
und - - - auferstehen...

Schwebende Bilder
an der Schwelle zum Traum:
flußüberspannende Brücke
folgt den Winken
aus nahgerückter Ferne.
Lichter streifen vorgestaltete Zukunft,
kaum erahnt,
verschleiert wieder entschwunden
in verwirrendem Traumgeschehen
uralter Ängste und Wünsche
zu Farben, Formen, Gestalten
erfinderischer Nachtgefährten,
die leise, weise und manchmal
ein wenig grausam lächeln,
wenn du ratlos erwachst.

Schuh aus Hoffnungen

Mir träumte ...
ich saß am Rinnstein
müde und traurig,
sah dem abwärts
schwemmenden Wasser zu,
beladen mit Resten
von Bäumen
von Unrat,
von Überflüssigem,
von Nebensächlichkeiten,

vielleicht aber auch von Hoffnungen...
nein – bitte - laß sie nicht weg!
Mein Fuß wollte sie aufhalten -
und alles, was sich um ihn
fing und sammelte,
formte einen Schuh
und einen Befehl:
steh auf und geh!

Stumpfe Scheren
in dichtem Gewebe,
Vogelschreie zerfasern
den Morgennebel:
Lange bevor die Erde zitterte,
haben sie´s schon gewußt.
Grollt jetzt der Boden,
bebt - dunkel und dumpf:
Hufschlag ... näher,
ehe er nah war, vorüber,
drei schwarze Reiter:
stöhnend fällt
ein alter morscher Baum.

Türen aus Gedanken

Mir träumte ...
ich ging durch Türen von Gedanken,
wie Spinnweben haftend
an meinem Gewand.
Sie schienen leicht und nicht lästig,
vielleicht auch nicht wichtig.
Doch es waren ihrer so viele,
die ein graues Gewebe spannen
und rankten um meinen Leib:
im Mondlicht wurde daraus ein silbernes Kleid
und der Morgentau bestickte es mit Perlen,
und im Sonnenaufgang war da ein
Funkeln und Glitzern
und zwischen duftenden Blumen ...
ein neuer Weg

Vorahnung einer Trennung

Mir träumte ..
ich bin zu dir gegangen
durch die tiefe, lange Nacht.
Deine Gedanken waren anderswo...

Bilder trug ich in mir,
Farben, bewegte Formen -
frei von engem Rahmen.

Doch du warst unterwegs - irgendwo
in vorgedachten Programmen
und in gefilmten Bildern
einer Scheinwirklichkeit.

Meine Sehnsucht war unterwegs,
deiner Sehnsucht wieder zu begegnen:
wie aber dich wieder finden
– wie dich erreichen?
Ich erwachte ratlos.....

Es wird zuviel geweint ...

Mir träumte .....
an einem Lotosteich
traf ich im Morgengrauen
meine Schwellengestalt:
„Zuviel wird geweint auf dieser Erde",
sagte sie leise,
„...und zuviel sinnverloren gelacht.
Den Tränen fehlt der umarmende Trost,
- nicht Mitleid, das erniedrigt -
und dem Lachen die wirkliche Freude
ohne den blechernen Klang
höhnenden Gelächters.

Gefühle sind nicht verläßlich,
verkommen zu leicht
zu Mißgeburten
streunender Gedanken,
können nicht heilen
und keine Wunder vollbringen
an der gekräuselten Oberfläche
trüben, seichten Wassers.

Doch Bilder, die dein Auge sieht,
sind Wegweiser;
laß sie in die Tiefe deiner Seele dringen:
denn nur dein inneres Auge
kann sie deuten.
Du wirst immer finden, was du suchst,
finden... und e m - pfinden:

sieh nur, sieh
diese leuchtenden Blüten
im Morgenlicht!
Sie zeigen dir alles ,
was du wissen mußt,
Traumseele, geliebte,
zu verstehen
und deinen Weg zu gehen..."
und sie entließ mich
mit einem Herzen voller Fragen
in den heraufziehenden Tag.....

* * *

Rosen aus Tränen

Mir träumte..
all meine Tränen
wurden zu Rosen:
ich ging
durch große blühende Gärten
und nach
kummervollen Stunden
band ich
einen vollen Strauß
sich eben öffnender Knospen
und legt sie dir -
noch eh´ du erwachst –
in deine ruhenden Hände...

Träume am Kamin

Aus pyramidengeschichteten Scheiten
entflammen blaue und hellrote Feuerzungen,
zischelnd verdampft aus dem Innern des Holzes
das Blut eines sommergetränkten Haines.

Bringt so die abendliche Kühle
mit der Sehnsucht nach Wärme
Bilder von sonnendurchfluteten Träumen
im Schatten eines melodienreichen Baumes:

Blumen, Falter, Klänge von überallher
und bunte Geschichten,
gewoben aus Mondlicht,
bestickt mit Blüten vergangener Zukunft.

Fragen verglühen, eh sie gedacht,
Worte entschwinden
ungeformt irgendwohin:
vielleicht als vereinzelte Wölkchen gen Westen:
widerspiegelnder Hauch
untergehender Sonne Nachtgebet

Traumdurchwobene Dämmerung
in einem Raum voller Wünsche:
verborgene Grotte
in einem Felseninnern.
Feuchtwarm tropft´s von den Steinen,
neuen Stein bildend von altersher;
und die Gedanken tasten
allerlei seltsam verdichtete Formen,
die kein Verstand je begreift.
Fackeln flackern,
verbreiten magisches Licht,
Schatten huschen über die Wände,
tanzen ungekannten Rhythmus:
Herzschlag einer schlafenden Löwin,
die im Traum die Gazelle jagt,
sprungbereite, zuckende Tatzen.
Still widerstehen dem bewegten Spiel
die uralten, tief in den Felsen
gegrabenen Bilder und Runen,
sind Noten und Gesetz eines Liedes,
die Geburt einer Quelle verkündend,
die leis im Dunkel rauschend schon ahnt,
einst Strom zum Weltmeer zu sein ...

Die unerbittlichen Augen

Mir träumte...
kniend vor einem Bild in Tränen
fand ich im Schluchzen nur
zu einer gestammelten Bitte um Hilfe....

doch die Gestalt war
statisch,
unnahbar,
lächelte nicht,
tröstete nicht,
entschwand hinter Schleiern
meines tränengefüllten Blicks...

nur die Augen -
ihre Augen waren noch da -
dunkel und ernst...
... und ich wußte im Erwachen:
eine neue Weise zu sehen
wird kommen müssen –
vielleicht unter Schmerzen...

Verschluckte Spuren

Mir träumte...
eine Landschaft aus Felsen und Meer,
Fußspuren im Wassersaum -
von der Welle verschluckt –
und die Trauer
um den Verrat des Sandes,
der dem Meer alles bereitwillig gab:
weil eben erst schon gestern ist,
an den Schuhen haftend
zu schwer für jetzt
und erst recht für alles danach ...

* * *

Begegnung mit meinem Tod

Ich möchte strahlend meinem Tod
                              begegnen,
nicht von Krankheit zerfressen und
                              Pein,
in meinem Herzen soll es Blüten regnen,
rote Sonne in sinkendem Schein
m e i n e n Gesang auf die Lippen mir
                              legen,
Liebe und Dank in mir sich regen,
bevor mein Leben im Diesseits endet
und sanfter Schlaf mich nach drüben
                              sendet.

Versäumte Träume schwimmen
wie Schwäne stromabwärts
unaufhaltsam in unfaßbare Ferne.
Oder sind es Gedanken?
Oder Hoffnungen?
Manchmal wie sterbende Blumen:
allzu sorgsam umhegt und gepflegt.

Sie können nicht fortgehen,
nicht schwimmen, nicht davonfliegend
sich jener erdrückenden
Fürsorge entziehen,
die Menschen einander antun
wie auch Tieren und Pflanzen –
um den Preis einer fraglichen
Sicherheit verkaufte Freiheit!
Und zurückbleibt nur
der schwelende Neid gegen alles,
was noch lebendige Frische atmet.

Zu Tode pflegen läßt sich vieles
leicht und unverfänglich,
schnell lassen sich
Gewänder schneidern,
die bemänteln, verhüllen,
alles Wache, Wahre verschweigen
und in die Wüste treiben ...

Fremdbestimmung

Mir träumte...
du wolltest mich krönen:
die Krone war bleiern schwer
und grub sich in meinen Kopf,
doch ich sollte lächeln..

du wolltest mich kleiden
in ein Gewand aus Brokat:
es schnürte mich ein,
ließ mich kaum atmen,
doch ich sollte lächeln...

du wolltest,
daß ich in Schuhe schlüpfe,
in denen ich nicht laufen kann,
doch ich sollte lächeln..

bevor du willst, daß ich mich
deiner engen Gedankenwelt ergebe,
bin ich gegangen...
lächelnd ...

Der Tod ist grün

Mir träumte ....
alles um mich her ist getaucht
in ein goldenes Grün:
ich sehe und spüre nichts
als dieses unnachgiebige,
lichtdurchflutete Grün:
es entläßt mich nicht aus seinem Bann.

Was hat das zu bedeuten?
Wo ist der Schlüssel? Wo das Schloß?
Plötzlich weiß ich das geheime Wort!
Die Pforte der Stille öffnet sich:
ich darf eintreten, zu empfangen
das heilende Geschenk: beseligendes
Durchströmtwerden von Frieden
... und das Schweigen der Sehnsucht...

Mein Tod ist licht...
hat ein grünes Gesicht wie das Leben!
Er ist nicht schwarz!
... wußte ich im Erwachen...

Schwellengestalt

Mir träumte...
meine Schwellengestalt
stand an meinem Bett
mit ernstem Gesicht:

„Du mußt um Verzeihung bitten",
sagte sie und hob, als ich
den Mund zum Fragen öffnete,
mahnend die Hand:
„Finde es selbst heraus,
aber wundere dich nicht
und gewichte nicht,
ob dir Unrecht geschah.
Bist du nicht längst
darüber hinaus?
Du mußt um Verzeihung bitten,
daß du Anlaß gabst,
sich an dir zu versündigen...
finde es selbst heraus...."

sie ging ... ... ich erwachte
vor meinem Bett auf den Knien...

Mir träumte ...

von schreckensgeweiteten Augen,
sich kreuzenden Klingen,
Schüssen und blutverklebten Toten,
von Gewalt,
von Hilflosigkeit,
von Gottlosigkeit
auf beiden, auf allen Seiten,
von schwarzen Engeln
unseliger Verführung:
„ wo ist euer Gott?
Gäbe es ihn – er würde euch retten...“

... und einer flüsternden Stimme:
„es gibt keinen Himmel außer in dir –
und nur dort wohnt Gottes lichter Funke.

Er ist unsterblich
und wird überleben
alle Trauer und Mühsal,
all das Elend irdischer Tage
und du mit ihm,
solange er in dir wohnt.“

In ruhigen Atemzügen
kam das Tagesbewußtsein,
nahm den Vorhang zurück,
ließ ihn herein:
den sanft erstrahlenden, tröstenden
Morgen der Wintersonnenwende ...

Aus dem Album

... daß sie fliegen
wie Vögel ...

Hast du diese Sonne gesehen,
wie sie eintauchte ins Unendliche
zwischen Himmel und Meer ?
Hast du die Glut gespürt,

mit der sie in ihren Spiegel „Erde"sah ?

Diesen Spiegel, der nur lebt,
wenn er ihr Licht
umschaffend wiedergeben darf !
Hast deine Arme
wie der Baum seine Äste
in hohe weite Himmelsluft erhoben
und gefühlt, daß du nicht bist,
wer du glaubtest zu sein,
daß du viel zu eng dich gedacht,
viel zu nah dein Ziel dir gesteckt ?

Hat eine Ahnung dich überkommen,
daß auch du eintauchen ,
vergehen und wiederkehren wirst ?

Heiliger Tanz

Du bist erstaunt, daß ich tanze,
wo andere weinen?
Hat es je etwas genutzt, mit Tränen
anderer Trauer zu verstärken?

Laß in wirbelndem Drehen
des Lebens Spirale fortführen,
was eben in Regionen von Starrheit
und Stillstand zu sinken droht,
wo kalte Finsternis fesselt und tötet.

Es ist ein ernster Tanz –
fern jeder leichtlebigen Tändelei:
Bewegung ist Leben – glaub mir:
ein heiliger Tanz...

* * *

Lotosblüte auf dunklem Teich,
tausendblättrig – sonnengleich,
leuchtendrot auf sanftem Grün:
du konntest nicht vorüberzieh'n.
Doch nur vom Anschau'n allein,
kennst du ihr Wesen nicht,
bleibt doch nur *An*sicht
im wechselnden Tageslicht.
Schließe die Augen,
lausch zu der Wurzeln Grund:
dort wird dir Antwort und *Ein*sicht kund...

Kinder des Nebels sind die Gedanken,
sie schweben und schwanken,
und ehe sie Form und Gestalt gewonnen,
sind sie in graue Schleier zerronnen.

Und viele verharren ein wenig,
weil sie glauben, sie seien wesentlich,
doch andere wieder verdichten sich
und drängen sie ins Schattenreich zurück.

Nur wenige wachsen heran und reifen,
schon wollen die neuen nach ihnen greifen,
da zerreißt eine Sonne die Nebelschwaden,
und all die matten, all die faden
Fetzen müssen verblassen
vor soviel Farbe , Licht und Glück:
O, seltener, goldener Augenblick !

Herbstnebel:
auch das leuchtende Rot der Spitzeichen
weist er sanft zurück
und läßt es ein wenig zu Rost ermatten.
Alles um eine Spur leiser, gedämpfter ...
zögernder Schritt
über feucht-dunklem Waldboden ...
ein alter vergessener Stahlhelm -
ich kann nicht anders, trage ihn eine Weile:
ein Stück Last eines fremdes Schicksals
auf meinem Kopf:
schwerer rostroter Morgen ...

* * *

Schmerzen übertönen die Stille
der schwarzen schweigenden Nacht.
Einsamkeit befällt mich,
gesellt sich als ungebetener Gast,
bleibt, sieht mich an und sagt:
bin in weihevollen Stunden
ich willkommen,
darf auch jetzt ich dein Begleiter sein.

Schick mich nicht weg,
denn du liebst mich...
und es könnte sein,
daß du mich später vermissen wirst:
mich - deine segensreiche Einsamkeit

Herbstspaziergang - Verhüllte Träume

Schleier durchsichtig goldener Seide
senken sich sacht zwischen
die steinerne Würde ferner Felsen
und das glühende Leuchten der Bäume.

Blickgefährten in wechselndem Licht
herbstlicher Fülle:
Bilder getränkt in die Flut
sonnendurchwirkter Farben,
in den Duft reifer Früchte,
deren schwere Süße
in die abendlichen Nebel sinkt.

Verhüllte Träume – Sommererinnerung,
bewahrt noch für kurze Zeit
vor dem frostklaren Mondlicht.
Heiter-bewegte Linien
kleiden sich heimlich bei Nacht
in einen Mantel winterahnender Kristalle,
Schwingungen lieblicher Melodien
verdichten sich zu Akkorden:
Nachhall verwunschener Geheimnisse,
mancherlei Rätsel ...
... blaue Stunde am Kamin:
neue Gedanken
entwachsen dem Feuerschein:
an der Schwelle stehen ist immer
etwas Sonderbar-Besonderes ...

Mandelblüten aus Venedig

Honigduftende Blüten
an südlichen Zweigen:
Frühlingsboten -
geöffnet über Nacht
im warmen Raum...

zwischen dir und mir
Sehnsucht und Hoffnung ...
vorsichtig – zartes Erwachen
zögerndes Händereichen,
ein Tasten und Fragen
. . . und Wissen,
daß zwischen Küssen
immer ein wenig unsicheres Schweigen
auf halb geöffneten Lippen lastet,
das schnell in der Umarmung zerfließt,
sich ergießt in ein nachtblaues Überall...

Alle Fragen an das, was war,
kommen zu spät..
an das, was sein wird ...
sie kommen zu früh,
aber sie kommen ... unaufhaltsam ...

Sattle mir ein flinkes, ein starkes Pferd,
edel und schön, mit fliegenden Hufen,
keine Spuren hinterlassend im Sand:
ich will einen Windritt wagen
über die Erde leicht und schnell.

Sonnenheller Tag oder Mondnacht,
Spiegelung , Glitzern , Widerschein
sind Gefährten und Boten,
weisen ins ferne Traumland,
wo Pferd und Reiter glückselig rasten ...

* * *

Die weiße Chrysantheme

Und sollte ich alles, was dieser Welt
wichtig erscheint, versäumen –
ich umfasse die große, schneeweiße
Rundung gefiederter Blüte
mit beiden Händen:
innewerdend der Zartheit,
atmend den Duft
malen sich Bilder von großen Faltern,
ausgebreiteten Schwingen,
Flügen zwischen den Welten
von unaussprechlicher Weite,
zeitlosen Räumen– raumfernen Zeiten...
Alles vergeß ich , was ich gelernt hab´,
um zu erfahren, was immer schon ich wußte...

Trafalgar Square

Hastender Zirkel ohne Anfang und Ende
um einen Brunnen,
der aus emporgehobener Schale von Marmor
durchsichtig schimmernde
Wasserschleier sendet.

Graue Tauben gurren und nicken:
lebender Schmuck
auf eintönigen Steinen.
Zwei dunkle Uniformen
mit gleichem Schritt
und beinah gleichen Gedanken
vor dem Standbild
eines ruhmreichen Feldherrn,
der einst im Siegesrausch vergaß,
die Toten zu zählen.

Eine Gestalt – verhüllt in ein Cape
aus tausend farbigen Flicken –
schwebt durch das Rund,
gesandt nur für Wenige,
die diese Botschaft verstehen...

Straße in London

Immer andere Füße
in immer anderen Schuhen
mit immer wieder anderen Schritten
gehen eine Straße.

Frag nicht „wohin", als könntest du
ohne dies Wissen etwas Wesentliches
auf dieser Erde versäumen.

Frag nicht „wozu" , als könnte
irgendein alltäglicher Zweck
der anderen dir nützen.

Frage „warum" und schütte
die vielen kleinen Ängste,
Wünsche und Hoffnungen,
die dir zur Antwort werden,
nur in ein Sieb:
ein paar ermattete Blumen
zwischen wucherndem Unkraut
fordern dein Herz.

Sommerblumen

Hol mir den Sommer herein,
verzaubere dieses Zimmer mit Blüten -
bewahrt vor nahendem Regen.

Laß mich die Augen schließen,
sie erst wieder zu öffnen,
wenn ich den Duft empfunden
und tastend gespürt:

es sind Glockenblumen,
deren zartes Läuten
von des Schnitters Hand erzählt
in einer Sommersymphonie;
von Zwiesprache mit Schmetterlingen,
deren luftige Unrast nicht verweilte,
von silbrig-zarter Windstille
vergangener Mondnacht.

Und nun ein letztes Lied
erhabener Schönheit
zur Freude höheren Wesens,
das sie betrachtend ehrt:
Sterben in der Vollendung –
wem wird es so gewährt?

Streu keine Blumen
auf meinen steinigen Weg,
daß mein Fuß
die Gefahr nicht verkennt,
nicht das Herz
sich täuscht und enttäuschend
Blüten und Farben welken.

Streu keine Blumen
auf meinen steinigen Weg,
gib einen Stab mir,
sicher und stetig zu überwinden,
und ein Licht in der Nacht,
das Ziel dieses Weges zu finden

* * *

Was auch die Sterne, die Zeichen, die Zeiten
an Unbill erwarten lassen,
wisse dich:
als Insel, als Floß, als Felsen
in den schäumenden Wassern,
die alles hinwegreißen können
ins verderbenbringende Chaos,
nur eines nicht:
deine unerschütterliche Ergebenheit
in eine höhere Fügung

Abschied

Ich habe dich geliebt,
auch wenn ich von dir gegangen bin.
Ich habe dich,
als du mich noch liebtest,
verlassen.

Ich wollte dich
in dem Augenblick nicht wiedersehen,
als du gerade begonnen hattest,
mich zu hassen.

So hab´ ich dich in Erinnerung
 - dein Lachen, deinen verliebten Blick –
und bewahre dieses Bild in mir.

Ich verzeihe dir:
du bist eben wie du bist ...
Verzeih auch du mir,
daß ich - so wie ich bin –
dir, so wie du bist,
kein Zuhause geben konnte
in meiner Welt ...

Berührung

Berühren – weißt du, was das heißt?
... und Berührtwerden?
Höchste Lust mit tiefstem Leid vereint
... und viele Stufen dazwischen.

Und so schwinge die zarte Frage
leicht und lautlos an der Schwelle
mit jenem innigen Innehalten,
das geliebte Liebende spüren,
ein wenig zögern läßt
im Nehmen wie im Geben.

Was in des Augenblicks
Fügung seliger ist?
Vielleicht verrät es
in Neumond-Träumen
ein flüsternder Stern...

Beschütze mein Lächeln,
daß es für dich leuchte,
auch in ernsten Stunden.
Gib ihm immer soviel Nahrung,
daß es gar nicht
auf den Gedanken kommt,
sachte sich zurückzuziehen,
um anderswo
mehr zu leuchten, als für dich:
solange du es liebst,
wirst du es auch zu halten verstehen.

Beschütze mein Lächeln,
es gehört zu dem kostbarsten,
was ich habe:
es bedeutet Blumen auf deinen Wegen,
eine sanfte Berührung
kühlend auf deiner Stirn,
das Ausruhen deiner Gedanken;
es sei deiner Heiterkeit,
deiner Stille ein Zuhaus,
dein Friede im Trubel der Welt

Wenn wir durch Ewigkeiten
wie durch Räume schreiten,
ohne Füße gehen,
ohne Augen sehen,
wenn selbst das Herz nicht mehr da ist,
um schneller zu schlagen,
vor soviel ungewohntem
Überall –Zugleich-Sein,
wirst du begreifen angesichts
der unbegrenzten Weiten,
daß endliche Begriffe
nun nicht mehr gelten:
deine Seele muß wie ein Kind
aufs Neue verstehen und sprechen lernen.

Und was du in einsamen Nächten
dunkel geahnt, undeutlich-vage
gefühlt hast unter dem Sternenhimmel,
nimmt jetzt Gestalt an
und wird dir Begleiter
auf dem Wege zum immerwährenden Sein

An der Schwelle meiner Dunkelheiten
mit flackerndem Licht:
zitternd im Eiseshauch
ungekannter Finsternis,
alles Flehen, jeder Schrei erstickt
in schwarzer Undurchdringlichkeit.

Hoffen, Warten: Irrlichter tanzen,
Trugbilder verschleiern
die harten Kanten der Wirklichkeit.
Glauben, Vertrauen:
zerrissen an den Widerhaken
eines langen Irrtums.

Falsche Gräben übersprungen,
falsche Felsen erklommen...
und alle alten Narben
bluten und schmerzen.

Besinn´ ich mich endlich ?
An welchem Meilenstein vergaß ich
den Ansatz meiner Eigentlichkeit ?

Auch eines neuen langen Weges
grinsende Gefährten hocken
die großen und kleinen Illusionen
an seinem Saum und locken,
das Ziel zu vergessen, weiden sich
an den Tränen der Enttäuschung.

Nicht ein Krückstock,
aber das Schwert sei mein Wanderstab,
wieder und wieder, bis es erreicht ist:
jenes feine, unauslöschliche,
wissende Lächeln ...

* * *

Entlaß mich , du Erdentaumel,
aus deiner sprudelnden,
leichtfertigen Unbedachtsamkeit
in eine sanft beflügelnde Liebe
zu den kleinen Begebenheiten am Wege,
zart und bedeutsam
für die Sehend-Hörenden:

laß Geister der Freude um mich sein
und sie weben ein Kleid
aus Morgenlicht und Sternenglanz
für einen neuen leuchtenden Gedanken,
der vielleicht längst Vergessenes
in den Herzen erweckt,
in den Häuptern erhellt.

Dom von Perigeux

Gewölbe hoher Dome -
gewärtig der Andacht
empor blinkender Augen
und gebeugter Knie.

Steinerne Heilige erwarten
erhellenden Schein
der Opferkerzen
und den warmen Hauch
inständigen Gebets.

Schau im Fortgehen
noch einmal zurück:
um die Marmormiene
spielt doch ein Lächeln,
... und die Falten
des Gewandes um den Fuß ...
haben sie sich nicht
ein klein wenig bewegt?

Daß alles falsche Wollen
so sterben könnte,
lautlos und sacht
wie ein gelbes Lindenblatt
im Frühnebel
eines stillen Herbsttages !
Daß auch ich einst
zu sterben verstünde
wie dies blutrote Ahornblatt
in der Mittagssonne
eines milden Oktobertages:
leicht, schön und ergeben,
in mir den Frühlingsgedanken
der Wiederkehr...

* * *

Der Atem der Winde steht still:
es verfliegt kein Wort, das du sprichst,
es verwehen deine Fußspuren nicht,
es erlischt nicht das Licht, das du trägst.
All das, was du tust,
fühlt sich ein wenig wie Ewigkeit an.
Bedenk es wohl in solchen atemlosen,
andächtig lauschenden Nächten

Daß doch ein einziger Engel
die Flügel ausbreitete in dieser Nacht,
mit sanftem Rauschen
melodischer als Schwanenschwingen,
zarter als Menschenhände
je berühren können
etwas anrühren,
etwas Urfernes verdichten,
Umrisse andeuten,
leuchten lasse ein Weniges:

nur einen Funken
und ich werde das Feuer wissen,
einen Ton nur
und ich spüre Sphärenklänge,
einen Farbtupfer
und ich werde eine Landschaft erkennen
in einem Licht aus Purpur und Gold.

Im Träumen werde ich
wacher sein als ich je war:
Ich werde wissen,
wiedererkennen,
zu Hause sein;
Nicht nur dorthin, auch hierher
jenes durchlichtete Lächeln bringen
für dich und mich -
und Menschen auf meinen Wegen ...

Jan Mayen (Felseninsel im Nordmeer)

Silberstreifen wandern über das Meer
abseits unserer verständlichen Welt,
und ein menschenfernes Eiland lockt
die Gedanken aus ihrem Gefüge,
daß sie fliegen wie Vögel,
auf fremden, strengen Felsen
zu rasten und sich neu zu ordnen

* * *

Eisberge von Spitzbergen

Unirdisch eisiges Blau
auf dunklem Meer:
formgewordene Klänge
ohne ein Lächeln
in windloser Stille.
Erfrorene Tränen aus einer Welt,
wo ein gläsernes Schweigen
alle Fragen übertönt:
wo endet Schein, wo Wirklichkeit ?

Bunter Falter auf weiter See:
verirrter Traum vom fernen Festland.
Vogelschwingen
brauchst du für diese Freiheit
und gleitenden Flug über dem Wellen.
Du bist keine Möwe,
und all deine Wünsche zerfleddert der Wind.

Eine Blüte werf˘ ich dir ins Meer,
denn was helfen dir Sterne dort oben.
Stirb nektartrinkend
in letzter wundervoller Illusion:
kleiner Falter - - tödliche Sehnsucht

* * *

Einer sommermorgens
tau-erfrischten Heiterkeit
eben erblühende Rose:
Schönheit, sich selbst bewahrend,
ein wenig unnahbar,
erhaben über den glühenden Wunsch,
wenn nicht verstanden,
so doch geliebt zu werden

Wer kann denn schon wissen,
wer ich bin,
was ich fühle,
was ich meine;
wem könnte ich gram sein,
daß ihm die Deutung mißlingt?

Weiß ich doch selbst zuweilen
nur Weniges von mir,
zuweilen nicht einmal mehr das:
wie du und ich und viele andere
- trotz redlicher Mühe.

Laß dann,
wenn dieses vage „Und-Oder",
dieses „Dazwischen"
in schillernder Vielfalt verwirrt,
uns schweigend einander
in die Augen sehen,
lange - bis zum Zerreißen - lange:

und die Seele, die zuerst begreift,
umarmt auch zuerst
den noch ein wenig verstörten Anderen,
der soviel anders ist
und soviel ähnlicher als irgendwer . . .

Weltenweisheit,
lichtgeborener Geist,
von Deiner Allmacht Atem durchweht
öffne mein Herz ich Deinen Weiten.
Hauche, Heiliger,
daß Dein göttlicher Funke der Liebe
in mir als ein hell-lodernd Feuer brenne,
die Erde zu erwärmen,
daß alles, was es ergreift,
unsterblich werde in Dir.

* * *

Unbestechliches Licht

Flüchtig , verflüchtigt,
flackernder Schein ....
ehe irrlichternd zur Illusion verkommen
hat der Nachthimmel ihn
einem fernen flammenden Stern vermählt:
leuchtend zu weisen
den Weg durch die Dunkelheit
in unbeirrbar klarer Strenge.

Vorwurfsvoller Morgen

Der Morgen schweigt vorwurfsvoll,
verweigert sich nach einer langen,
grell erleuchtet lauten Nacht:
keine offenen Arme
zum freudigen Willkommensgruß,
seine sonst so liebevollen Hände
abweisend zu Fäusten geballt.

Gleißendes Sonnenlicht beschämt dich,
treibt dir die Tränen in die Augen.
Trotzig schließt du die Lider:
Diese Nacht war dein Recht ... Ja!!!
Doch was hilft es dir
in der Unerbittlichkeit eines
vorwurfsvoll schweigenden Morgens?

* * *

Durch deine Bilder mußt du wandern-
in sie hinein – aus ihnen heraus ...
und die Farbe, die an dir haftet,
kommt nicht tröpfelnd sacht,
färbt sprühend dein Gewand,
das du trägst mit Würde, mit Stolz,
weil deine Bilder Wege weisen weit voraus:
Ahnung, daß Vergeben nicht Vergessen gleicht,
daß nicht vergeben muß, wer nicht wertet ...

Verlaufen in einem Irrgarten
widersprüchlicher Ratschläge
sogenannter Freunde:
was willst du ?
Dich in blinden Spiegeln betrachten ?
Ist dieser matte Widerschein
denn Trost oder Rettung ?

Verzerrte Formen und Farben
durchdringen die Kämpfe deiner Tage
und die Qualen deiner Nächte
und vergiften jede aus tiefstem Leid
sich regende Erneuerung.

In den schwersten Stunden bist du
und – m u ß t du allein sein,
soll Neues, soll Besseres,
soll Unverfälschtes entstehen.

Ein grauer Morgen ist eingedrungen
und hat mir plumpen Fingern
den sommerfarbenen
Traum der Nacht zerfetzt:
da fliegt er nun wie tausend
bunte Herbstblätter im Wind,
und eine Stimme sagt von weither:
es ist kalt geworden ...
... zieh dich warm an....

* * *

Dein Weg

Setz dich nicht mutlos
an den Wegesrand,
wartend auf eine gute Fee,
einen lichten Engel
oder einen alten Weisen!
Entwachsen kindlicher Verträumtheit
bist d u gefordert
Antwort zu finden,
zu entscheiden
und entschlossen zu gehen.
Glaub mir : es gibt nicht
einen kürzeren,
einen leichteren,
einen schnelleren,
einen besseren –
es gibt nur einen ... einen *einzigen* –
d e i n e n Weg!

Du, umfaßtes – unfaßbares Du!
Doch nur geliehen, nur auf Zeit.
Schmerzlich Entgleiten,
schwer der Verlust,
in tiefer Verzweiflung geballte Rechte –
auch nur auf Zeit.
Von zwingender Gewalt empor gerissen,
umfaßt von größerer Faust
führt sie das Schwert:
Du, großes, unendliches -
Du, Ewiges DU.

* * *

Von Geburt an zu alt
für Pfade verstaubter Glaubensmuster,
für trügerische Umwege
schmeichelnder Verführung,
die hämisch grinsend
im Nirgendwo versanden:
ohne ein Ziel, ohne den Sieg,
der einen Aufbruch je lohnte.

Geburtstagsblumen

Ein Kind schenkt mir einen Strauß
Knospen gelber Narzissen
und flüstert mir leis ins Ohr:
sie blühen noch nicht,
sie schlafen noch.

Du darfst sie nicht wecken,
wenn sie noch nicht ausgeschlafen sind.
Denn wenn du das tust,
sind sie ärgerlich,
vielleicht auch nur müde und traurig,
weiß nicht so genau.

Aber wenn du leis bist
und sie schlafen läßt,
wachen sie ganz von allein auf -
ganz bald – und dann blühen sie
wunderschön und sind ganz fröhlich.

Des Kindes Weisung folgend
wache ich über Blütenträume,
erwarte ihr zartes Erwachen,
und spüre eine kleine,
warme Hand in der meinen.

Deine Gefährten,
die schweren Gedanken,
die Herzblut trinken und Tränen,
sitzen bei Tag hinter den Dingen
und lauern...
lauern bis zur Stunde der Dämmerung,
kommen und bleiben bei Nacht:

Fabeltiere und Truggestalten
in Traumgeflechten,
die deiner spotten am Morgen:
du entwirrst sie nicht,
du erkennst sie nicht,
du deutest sie nicht,

die zwingende Kraft von Bildern,
die sich unmerklich und feig
im anbrechenden Tag
hinter den Dingen verbergen,
dich anseh´n und lauern, lauern ...

A.R.

Halbinsel

Halbinsel – vom Meer umgeben,
Nabelschnur zum Land,
das ja auch wieder nur
Insel ist im Weltenmeer:

Insel die ganze Erde –
Insel im All.
Insel ein Mensch dem anderen -
hoffst du so gern.

Oft nur ein dürftig gefügtes Floß,
das dich hinwegträgt
in reißendem Strom –
wenn ein gütiges Schicksal es will –
zu neuen Ufern mit blühenden Wiesen...

doch Klippen, Felsen, Strudel
versuchen dich scheitern zu lassen,
wenn du allzu kindlich verträumt
falschen Versprechungen traust.

Nichts Irdisches
ist unzerstörbar – unzerreißlich!
Solange du das nicht begreifst,
blutet dein Herz aus tausend Wunden...

Milosfelsen

Sanftes Meer
an monderhellten Gestaden,
windlose Stille.
Nur dort an den Felsen
plätschert und murmelt,
flüstert erregt noch
von den Stürmen des Tages,
leckt an den nackten Steinen die Welle
und kostet das Mondlicht,
das perlenschimmernd
in ihrem Schaume sich bricht:
vor tausend Jahren wie in dieser Nacht

***

Insel ist uns die Erde –
Insel im Raum:
Schale von glühendem Herde,
dunkelnd ihr Saum,
hangend am Abgrund tief,
Welle und Schaum,
die zu den Ufern uns rief,
netzet uns kaum

Glaubst du, einem Edelstein
mangele es an Wert,
nur weil er in keine deiner
vorgefertigten Fassungen paßt?

* * *

Ist etwas Ungewöhnliches gelungen,
lobt man den Mut;
ist es gescheitert,
rügt man die Dreistigkeit.

* * *

Wirf eine Hand voll
Pulverschnee in die Luft –
und die Sonne
macht dir einen Goldregen daraus ...

* * *

An alltäglichen Dingen
die Unalltäglichkeit des Erlebens
erfahrbar machen – das ist Kunst

* * *

Wandle, forme, ändere,
wirke, daß Neues werde,
aber zerstöre nicht!
Es ist leicht, zu zerstören,
doch scheinbar nur
ein kraftvolles Gefühl.
Denn das Leiden,
dem du nicht entgehst,
wird nach deinem Bewußtsein
bemessen sein.

Geh leis durch den Park:
die Enten schlafen schon
am Ufer des Teichs,
und die Seerosen haben sacht
ihre Sonnenblüten geschlossen.

Füg auch du deine Hände
ineinander wie Blumenblätter
und eins deiner Geheimnisse mit hinein:
gib ´s einer über dem Wasser
schwirrenden Traumlibelle
mit auf den Flug in die
aufsteigende, blauschimmernde Nacht

* * *

Eine weiße Orchidee

Mattes Grün – oder doch nur sanft?
Opal das Farbenspiel einer Blüte,
die sich öffnet, gliedert,
verliert in unzählig feinen Fäden:
achtsam, daß kein Netz daraus werde
zwischen Gedanke und schwingendem Ton

Sterben lassen

Töten sollst du nicht,
aber sterben lassen mußt du –
jeden Tag irgend etwas:
veraltete Gewohnheiten,
überlebte Gedanken,
ermattete Zellen in deinem Körper.
Wie sonst soll Neues
entstehen und wachsen?

Tag für Tag ein Abschied im Kleinen.
Hast du vergessen,
wo – in ständigem Aufbruch –
dein unverbrüchliches Zuhause ist?
Ein größerer Abschied ist doch nur
Ansammlung vieler kleiner Tode in dir.

Hätten die feinen Anzeichen
dein Bewußtsein erreicht,
wozu sollten deutlichere
dich so erschrecken?

Töten darfst du nicht,
doch sterben lassen mußt du –
irgend etwas Tag für Tag ...

Helfende, heilende Kräfte
befrei´n von verderblichen Banden,
lösen Verstrickung
in erdschwer haftendem Erbe,
entreißen den Träumer
wohlig umfassender Dämm´rung,
zünden den Funken,
setzen ein Licht als ein Zeichen
auf dem Weg der Bereitschaft:
Freude wie Schmerz zu ertragen
für des Lebens tiefsten Sinn
grenzenloser Ergriffenheit

* * *

Ausgebreitete Schwingen
zwischen Himmel und Meer,
gleiten mit den Wolkenschiffen südwärts,
warmen Wind in den Federn
und Hoffen und Sehnen –
Wissen, daß alles schon einmal war
und wieder und wieder geschieht:
Zug zur Sonne, warmer Wind
und ausgebreitete Schwingen …

Geburt eines Sterns

Nicht schlafend, nicht wachend
verdichten sich
aus Schwellennebeln Gesichte:
Zahlen in Farben, Lettern, Laute
einander umkreisend in Figuren
aus sternfernen Urklängen -
raumlos fließend
von der Unendlichkeit her -
in Nähe und Ferne endloser Widerhall...

Sternentrümmer ... Splitter:
Pfeile überscharfen Lichts
haben sie zerlegt -
donnernd, zischend für manche,
für andere in maßloser Stille...

seiner Schwingung entwächst ein Stern
nach den Gesetzen
einer eben geborenen Sonne ...
Bizarres rundet sich, dreht sich,
beginnt seinen Lauf, betritt die Bahn,
gehorcht diesem neuen gottgesandten Feuer...

Englischer Garten in München

Schweigender Morgen,
Nebelschwaden– Gedanken von gestern,
Traumweben um jedes rotgoldene Blatt:
keines wagt zu wispern,
und doch ist ein Flüstern
in der Luft wie eine Frage,
die nichts zur Antwort will,
als einen stummen Händedruck:
denn die zarten Schleier
dürfen nicht reißen,
müssen leis, ganz leicht fließen
flußabwärts in leichter Strömung
mit den Blättern,
die der herbstliche Frühnebel
sanft auf die Reise entließ.

* * *

Regen über gelben Blättern,
über Wiesen und nackten Feldern:
Zeit der braunen, durstigen Erde,
haftend an jedem Schritt:
will dein Gewahren und dein Begreifen
und Antwort haben noch auf Fragen,
bevor der Reif die letzten
roten Beeren in den Sträuchern
heimlich des Nachts überrascht ...

Sei frei wie Wind und Wolken,
an nichts Vergängliches
hänge dein Herz:
jedes „Dein" und „Für-immer"
enthält auch schon Abschied
und ein „Nie-mehr"

Und stehst du fassungslos,
weil ein Glück dir zerbrach,
keime die Einsicht in deinem Innern:
verloren warst du an einen Zustand,
der Stillstand hieß;
verhaftet einer schönen Illusion
hast deines Daseins Sinn du vergessen.

Sei frei – wie der Wind, wie die Wolken,
finde dich wieder, öffne dich,
sei bereit zu gehen,
wenn du gerufen wirst,
zu empfangen,
was höherer Wille dir zugedacht:
auch Schmerzen und Leid
sind vergänglich und Übergang nur
für ein neues, reicheres Leben ...

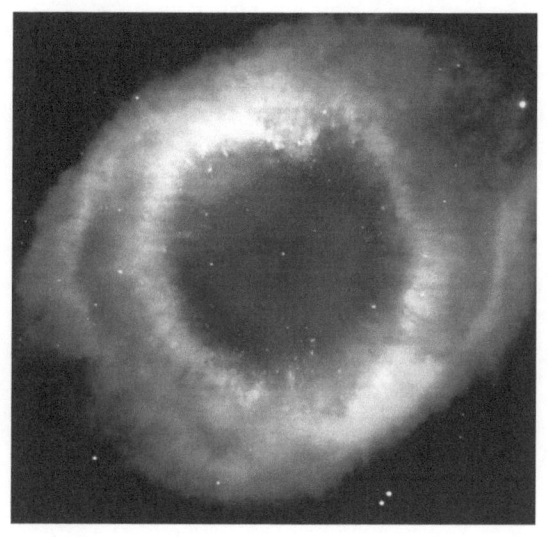

Sphärengesänge

Ich will singen in dieser Zeit,
wo mancher das Singen verlernt hat;
ich will singen ein Lied:
wild, heiß und begehrend,
schreiend, berstend, fiebernd - - -
und leise-zärtlich,
fragend und suchend,
bittend und liebend.
Aber wie ich auch singen mag,
immer schwingt Sehnsucht
in meiner Stimme,
Sehnsucht, verzehrende Sehnsucht . . .

* * *

Singend geh ich
durch große Säulenhallen,
von hohen Wänden
kehren die Töne wieder,
daß man glaubt,
es gibt da noch einen,
der mitsingt.
Ich singe und wandere
durch Pforten und Türen,
die sich von selber öffnen:
herrliche Räume, Hallen, breite Treppen
mit kunstvoll verzierten Geländern:
Räume zum Singen
von Heldengesängen,
Hallen zum Tanzen
in langen Gewändern,

und über die breiten Treppen
muß man schreiten,
mit erhobenem Haupte
wie Fürstinnen schreiten,
daß die langen Schleppen
den lautlosen Schritten
zögernd über die Stufen folgen - - - -
.....und immer und immer singe ich.
Hab ich von alten Zeiten gesungen?
Woher weiß ich,
wer raunt mir die Worte ins Ohr?
Aus den großen goldenen Rahmen
steigen gemalte Gestalten -
rief ich sie ? Oder wer ?
Sie wandeln, sie schreiten,
leicht, fast fließend;
Ich bin keine Fremde unter ihnen,
ich tanze durch ihre Reihen,
sie nicken, sie lächeln,
und jede hat ein Wort mir zugemessen
und alle mahnen:
nie darfst du ´s vergessen!
Sing nur, sing es, singend wirst
du manch Gehör gewinnen,
doch für taube Ohren soll´s zerrinnen!
Sie gehen wieder, schweben vorüber,
ich singe allein,
bis ein schweres Eichentor
sich ächzend auftut:
mein Lied schreit gellend aus mir,
ich taumle, sinke, entschwinde mir,

wie ein abgestreifter Mantel
von einem Körper gleitet:
im Fallen noch gehoben
und hinübergetragen
in eine andere Wirklichkeit.
Traum? Nein! Die Worte - das Lied.
Nur das! Nur?

* * *

Ich finde mich mitten
in einem Raum voller Dinge.
Die Lippen schweigen,
staunend ein wenig geöffnet:
das Herz singt statt ihrer,
ganz leis und behutsam,
als fürchte es ein Zuviel.
Und die Sehnsucht ist in den Händen,
sie müssen tasten, die Dinge berühren,
um sicher zu sein, daß sie da sind.
Und über alles streichen die Finger,
als liebkosten sie
etwas lange Verlorenes;
und die Augen suchen etwas,
das im Raumes steht,
unsichtbar, untastbar,
ich fühle es deutlich.
Singe Herz, singe,
es entflieht mir sonst heimlich,
sing wie ein zarter schwirrender Flügel,
ich halt´ es, halte es, halte . . . Zügel,
Sonnenwagen, Sonnenpferde
in rasendem Lauf,

Halten, halten, nicht stürzen, vollenden
... die Worte - - das Lied . . .
hinauf ... hinauf. . . .
und die Worte lösen sich
zu farbigen Lettern auf ;
wie sie wirbeln, sich drehen,
ein riesiges Rad,
bis die Farben sich mischen,
brausender, schneller,
bis sie gänzlich verwischen
und ganz weiß werden,
zu weißem Licht,
so hell die Augen ertragen es nicht:
Lichtrad aller Sprachen der Welt,
dröhnende Urkraft auf Erden.

* * *

Warum wollt ihr nicht hören,
wenn ich von der Erde euch singe ?
Weil ihr glaubt, ihr kenntet sie schon ?
Ihr Narren !
Wohl seid ihr in ferne Länder gereist,
saht Wälder, Flüsse, Berge,
Städte, Meere ...
doch was ist euch die Erde ?
Buntschillernde Kugel im All,
wie das Leben eine Seifenblase,
die euch eines Tages zerplatzt,
und ihr steht da wie weinende Kinder:
Weinend, weil euch genommen,
eh ihr es besaßt,

weil es vergangen,
eh ihr es begriffen.
Dann beginnt ihr´s zu lieben ,
wenn es euer nicht mehr ist,
schwört, mit dem Augenblicke zu geizen,
gönnte man euch
noch eine einzige Stunde.
Daß wir immer
das Lieben zu spät erlernen!
Unsere Liebe fliegt davon
auf den Flügeln der Sehnsucht,
wir lieben das Ferne, Unerreichbare,
leben träumend
in der zeitlichen Zukunft,
bis zu der Stunde,
so es kein Morgen mehr gibt,
und kein Hier und kein Dort,
nur eine Allzeitlich-Allräumlichkeit.

Ich aber singe euch
von der gegenwärtigen Stunde,
die sich euch darreicht
wie eine hohle Hand,
damit ihr sie füllt mit Kostbarkeiten
umgewandelter Erdengaben,
die Zeit und Tod überdauern.
Erde, dafür liebe ich dich
und Himmel und Sterne,
ich liebe dich, köstlich-kostbares Leben.

* * *

Singend zieh ich meine Straße,
ihr fragt mich : wohin ?
Ich suche, ohne zu wissen,
was ich einst finden werde.
Ich suche die fernen Höhen,
doch durch viele Täler
werd´ ich wandern müssen.

Die Vielen, Allzu-Vielen
wohnen dort unten.
Und manche von ihnen
haben vergessen,
daß auch sie
einst hinaufziehen wollten.
Nachts aber quält es sie,
daß sie nicht schlafen können,
und am Morgen
wissen sie nicht mehr, warum,
und bleiben wohnen im Haus,
das Gewohnheit heißt.

Andere wieder bauen Stein auf Stein
um sich eine Mauer
aus Haß und bösen Gedanken,
bis es ganz dunkel um sie wird
und schwere Ketten sich
um Hand und Füße legen.
Sie stöhnen und jammern
in ihrer selbst geschaffene Hölle,
doch wenn einer käme
und schlüge ein Loch in die Steine,

sie verstopften von innen den Spalt,
weil sie reine Luft
nicht mehr atmen können.

Und andere wieder kriechen
wie beutelüsterne Schlangen
durch die Stadt
und fressen wahllos allen Kehricht,
um ihn als Gift wieder auszuspeien

Aber vor denen,
die sich „gut" nennen,
hüte ich mich.
Sie knien nur,
weil sie zu schwach sind zu stehen;
sie suchen ihren Gott
hinter blauem Ätherdunst
mit ewig aufwärts gerichteten Augen
und ihrem gefalteten Händen,
denen alles „Schicksal" ist,
weil der große starke Wille fehlt,
zur Tat sie zu entfalten.
Eitel sind ihre Herzen
und gehen anspruchsvoll
mit großen Worten um
wie „Wahrheit" und „Unsterblichkeit" .
Und läßt du dich täuschen
und streckst deine Hand danach aus:
in tausend morsche Splitter zerfällt,
was ein kräftiger Baum dir schien.

Hör nicht auf ihre Worte und Lieder,
mit Weihrauch und Almosen
kann man den Himmel nicht kaufen !
Sie ihre Füße: sie stolpern schon
über die kleinen Hindernisse des Lebens,
wie wollen sie größere überwinden ?

Singend wollt´ ich meine Straße zieh´n,
einsam singend zu den fernen Höhen,
doch immer wieder
muß durch Täler wandern,
wer die lichten Gipfel ganz erreichen will.

* * *

Ich singe soviel von den Tälern,
doch von manchen
ist es schwer, sich zu lösen,
weil sie dich
mit tausend Fäden verknüpfen-
die Freunde wie die Feinde.
Hättest du Augen zu sehen,
in welch Flechtwerk von Gedanken
du verwoben bist,
Angst und Schrecken
könnten dich lähmen.
Darum schmiede dir
ein breites, scharfes Schwert
und zertrenne die unlösbaren Knoten;
aber dreh´ dich nicht um,

denn dir folgen Gestalten
aus finsterer Nacht
mit flinkeren Händen als du.
Sie spinnen neues Garn,
daß du verzweifelst verharrst,
daß dir vor Schrecken
die Stimme versagt,
wenn du in den Bann
ihrer Blicke gerätst.
Ich sage dir: dreh´ dich nicht um,
geh singend voran,
wiederhol´ deine Worte oft,
so oft bis sie Macht haben
über deine Gedanken:
nur so entkommst du
den schwarzen Händen hinter dir
und sie müssen dich ziehen lassen!
Wandere, wandere singend voran:
Mensch sein heißt
Sehnsucht im Herzen haben,
Sehnsucht
über das kleine erdverhaftete Ich hinaus,
heißt eine Sprache besitzen
und ihre Macht über Wesen und Dinge nützen!

* * *

Werkzeug ist der Mensch,
und was er schuf,
das hat er nicht aus sich getan.
Wenn wir doch diesen Hochmut verlören

und lernten „ES" zu sagen,
statt „Ich" und immer wieder „Ich".
Die wenigen wirklich Großen wissen,
daß sie nur Gefäß höherer Kräfte sind,
daß eine unsichtbare Hand
sie zu diesem Gefäß erst formte.
Selten reden sie von sich selber,
aber ihre Augen und Ohren
sind offen für alles um sie her.
Sie kennen das Niedrige, Boshafte wohl,
ja sie brauchen es sogar als Maßstab
für das Reine, Edle, das in ihnen ist.
Aber die schreiende Scharlatane
gewinnen eher die Herzen der Menge,
weil sie ihre Krankheiten und
Schwächen streicheln und pflegen.
Und sie wachsen und wuchern,
daß mich Abscheu und Grauen befällt.
Wenn ich diese von irrer Begeisterung
trunkenen Blicke sehe,
packt mich Entsetzen und Ekel:
ich wende mich, laufe fort,
hinaus zu den Tieren
und berge mein tränennasses Gesicht
in ihrem weichen, warmen Fell,
denn ihre Augen spiegeln mir
die ganze, wilde unfaßbare Freiheit wider
und die Weite einer Landschaft,
wo ich zu Hause bin.

* * *

Müde geworden seid ihr vom Hören,
und mancher von euch
ist heimlich gegangen.
Auch wenn keiner mehr bliebe - - -
ich will singen bis in die späte Nacht
noch einmal ein Lied
von den Menschen,
denn heimatlos sind sie
unter den Erdenkindern,
von ihren sehnsuchtdurstenden Augen,
aus denen ihre ruhlose Seele blickt.
Immer suchen sie,
und nur wenige wissen, warum,
immer haben sie Heimweh,
und selten weiß einer wonach:
Heimweh nach ihrem Selbst,
ihrer unverrückbaren Mitte,
die ihnen Geborgenheit gibt
und die sichere Ruhe
für all ihr Handeln und Denken.
Aber sie sind sich selbst im Wege
und nehmen Unwesentliches zu wichtig.
Still müssen sie werden, ganz still,
und in diese Stille noch lauschen,
bis ihnen ganz leis eine Ahnung kommt:
verlieren muß sich der Mensch,
um sich zu finden,
verlieren an das Große, Wunderbare,
dem seine ungeteilte Liebe gilt,
und das seiner Hingabe würdig ist

Dort findet er sich,
wie er sich selbst nie gekannt hat:
strahlender sind
seine Lieder und glücklich,
die Tränen versiegen,
und Blumen erblühen in seiner Seele,
und die Füße tragen ihn leichter
den steilen Pfad hinan: aus dem Tal
zu den hohen, sonnigen Weiden.

... und zum Schluß noch

Sonniges

aus der

Karibik

Frei nach den „Königskindern"

Es waren zwei junge Leute, die hatten
        einander so lieb,
sie konnten zusammen nicht kommen,
der Atlantik war viel zu tief,
ja, der Atlantik war viel zu tief.

Ach , Liebster, du kannst doch schwimmen,
so schwimm doch herüber zu mir.
Zwei Kerzen will ich anzünden,
die sollen leuchten dir,
ja, die sollen leuchten dir.

Ach, laß doch denQuatsch mit den Kerzen
und all dem altmodischen Kram,
mit den Wellen ist nicht zu scherzen:
ich habe einen besseren Plan,
ja ich hab ein weitaus besseren Plan.

Ich setz mich in den nächsten Flieger
und bin bei Dir im Nu:
in deinen Armen bin ich Sieger,
denn ich komme mit der LTU,
ja, ich fliege mit der L T U !!

Flüsternde Palmen

Der Wind spielt in den
gefiederten Zweigen schlanker Palmen,
über den weiten, weißen Strand
kommen braune Gestalten
auf leichten Füßen,
Bachata –Rhythmus
in den schwingenden Hüften:

Sie bringen karibischen Zaubertrank
von dunklem Rum
und exotischen Früchten.
Laß dich ein
auf ihre bunte, heitere Welt,
und für Augenblicke wird dein Leben
gelassen und so wundervoll leicht sein ...

Keine Sehnsucht mehr...

Ein sonniger Tropentag sinkt
     rotglühend in die Dämmerung . . .
Flieger am Abendhimmel –
Kurs auf Europa. . .
Meine guten Wünsche mit dir!
... doch nicht meine Sehnsucht!

Kein Verlangen nach Schwermut
und November-Tristesse
unter grauen Wolken:
in trüben Gesichtern
nirgends ein Leuchten,
kein Funken
belebender Hoffnung
auf eine glanzvolle Zukunft,
wie früher
in den Tagen unserer Jugend.
Nur Klagen, nur Jammern
und Angst in den Augen . . .
Zu Recht ? oder auch nicht?

Meine Wurzeln sind dort
und auch das nie gebrochene
Versprechen der Treue –
doch nur aus der Ferne,
nicht mehr hautnah. . .

Fremd ist Europa mir geworden,
so fern . . . und fremd
meiner heiteren Gelassenheit,
die jeden Tag freudig
willkommen heißt.

Meine guten Wünsche mit dir,
Flieger nach Europa!
doch nicht meine Sehnsucht . . .
lange – schon lange nicht mehr . . .

* * *

Romantisches Sonntagsfax
nach Deutschland

Unter schattigen Mandelbäumen
komm ich wieder ganz ins Träumen,
vernehme der Wellen sanftes Rollen,
lasse Gedanken, die kommen wollen,
sanft in meinem Innern nisten,
Vögel zwitschern, als ob sie wüßten,
daß ihr Lied meine Seele heilt,
während sie andächtig lauschend verweilt.

So wandert manches durch meine Sinne,
es meldet sich die innere Stimme,
den Schreibstift wieder hervorzuholen,

zu Papier zu bringen,
was ich hab sagen wollen,
zu notieren, zu sammeln und zu sichten,
manches zu ändern oder zu vernichten:
Ernst und Humor in guter Mixtur,
daß man locker bleibt und nicht etwa stur
nur eine einzige Richtung wählt,
sich auf deren Serpentinen quält,
auch mal schnodderig sein kann,
mal philosophisch,
denn auch das Leben
ist manchmal komisch,
und wer in solchen Momenten
das Lachen vergißt,
hat bestimmt die falsche Flagge gehißt.

Zu meinem Glück gehört - wie jetzt erkannt –
ein großes, grünes, tropisches Land,
Meeresrauschen und ein einsamer Strand:
Hier kann ich dichten, hier kann ich schreiben,
drum will ich vielleicht für immer bleiben,
fühle mich vom Innern her gesunden,
denn ich habe mein Paradies gefunden.

Residenten in der DOM

Jeder Residente hierzuland weiß,
in Deutschland lebt man
                    mit zuviel Verschleiß.
Die Zeit wird verschlungen
                    von langweiligen Sachen,
die keinem Menschen Freude machen.
Eine Hälfte des Lebens muß man
                    mit Papierkram verbringen,
mit Behörden um Formalitäten ringen,
ein weiteres Viertel braucht man,
                            um zu verdauen,
was die einem dann so
                    vor die Füße hauen.
Für das letzte Viertel
                    hast Du viel Kraft verloren,
Dein Herz beginnt heftig zu rumoren:
soll das alles gewesen sein?
Wir hier wissen: die Antwort heißt „nein"!
Laß Dich doch nicht länger verladen,
komm her zu uns
                    - und nicht nur zum Baden,
denn hier zu leben mit Meer und Sonne,
gibt Deinem Dasein neue Wonne.
Romantisch und warm
                    ist die karibische Nacht,
daß Dein Lebensgefühl aufs Neu erwacht.
Mit Goethe stimmst Du überein:
Hier bin ich Mensch- hier darf ich´s sein.

Politik am fernen Strand

Die Sonne scheint mir ins Gesicht,
und ich weiß wirklich manchmal nicht,
ob Politik sooo wichtig ist,
daß man ihr Fieber täglich mißt,
das eher selten ist normal –
zu hoch – zu tief ... in jedem Fall
erreicht sie, dass man schlecht gelaunt
über all den Unsinn staunt
oder auch in Zorn gerät,
wofür es meistens eh zu spät.

Wozu all die Geschäftigkeit?
Gibt´s keinen bess´ren Zeitvertreib,
als täglich Abfall einzusammeln,
den besser ließe man vergammeln?
Lauschen an verschloss´nen Türen,
Missetaten dechriffrieren
stolz den ganzen Müll servieren,
sollte eher doch genieren.

„Wer Dreck anfasst, besudelt sich":
dies gilt noch heute – sicherlich!
Die Evolution wird nicht versagen,
weil manche Leut´ sich schlecht betragen

Für nutzlos aggressives Lärmen
konnt´ ich mich noch nie erwärmen!
Wie das einst schon Nietzsche sagte,
der die kühne Behauptung wagte,
die Welt dreh´ sich lautlos um neue Werte,
so wie es sein „Zarathustra" lehrte.

Die wahre Botschaft wird stets überhört,
wenn man lauthals
        die feinen Schwingungen stört.
Wie jener Grieche sag ich –
        aber schlag mich nicht tot:
„Geh mir aus der Sonne, du Idi ... "

... upps ...

(Verzeihung, war nicht persönlich gemeint!) (*)

(*) Anmerkung:
„Geh mir aus der Sonne," sagte Diogenes zu
Alexander dem Großen – nach einem
Wunsch gefragt, den Alexander ihm
großherzig erfüllen wollte.

Ein neues Gespenst

Ich hab Dir so manche
        Gespenster beschrieben,
die hier schon öfter
        ihr Unwesen trieben,
doch jetzt gibt es einen neuen Geist,
von dem du bisher noch nichts weißt:
er hat all die Jahre sich still verhalten
hinter einer Schrauben – einer alten –
die das Badfenster hält in der Mauer.

Jetzt aber kam einer
        und machte ihn sauer,
denn er wurde in seiner Ruhe gestört,
erwachte und spuckte höchst empört
in hohem Bogen Wasser aus,
als man drehte
        die alte Schraube heraus.

Schon gut, schon gut,
        war ja nicht so gemeint,
riefen wir schnell und drehten vereint
die Schraube zurück an den alten Platz
und gaben dem Geist
        den Namen „Plitsch-Platsch".

Ein neues Fenster hab ich abgeschrieben,
das hat der Geist mir ausgetrieben,
denn er schwor, Probleme zu bereiten,
gäb ich den Plan nicht auf beizeiten.

Neu gestrichen wird also
            das alte Fenster,
denn ich achte die Wünsche
            meiner Gespenster.
Wenn du fragst: wo gibt´s denn so was?
Was dachtest Du denn? ...
            Bei uns in Las Olas!!!

* * *

Beichte auf dominikanisch

Gestern abend hielt ich es
            nicht mehr aus,
ich stürmte wie eine Wilde
            aus dem Haus.
Kein Hurrikan, kein Erdbeben
            können mithalten,
wenn solche Kräfte im Inneren walten:
in Sosua den nächstbesten
            Dominikaner erhascht -
hab ich ihn auf der Stelle vernascht!

Ich kann nichts dafür, das mußt du verstehen
und von einer ganz anderen Seite sehen:
ich allein hätte das niemals fertig gebracht,
das hat alles „Mamajuana" (*)gemacht.

(*) Mamajuana ist ein typsicher dominikanischer
Likör, der als Aphrodisiakum gilt

Geldwäsche

Waschen ist ein Gebot der Sauberkeit,
das lernte ich schon zur Kinderzeit.
Später konnte ich nicht verstehen,
daß Geldwäsche ist
                    ein schweres Vergehen.
Etwas Schmutziges zu machen rein,
soll plötzlich etwas Böses sein?
So verstand ich augenblicklich:
diese Welt ist widersprüchlich!

Doch jetzt ist mir diese Sünde passiert,
o Gott im Himmel, ich bin blamiert,
denn auch ich habe tatsächlich
                    Geld gewaschen.
Weil ich vergaß, in meinen Taschen
vor dem Waschen nachzusehen,
ist mir das Mißgeschick geschehen.
Betrübt blickte ich
                    in den Seifenschaum,
doch was soll ich dir sagen,
                    man glaubt es kaum:
das Ergebnis machte mich
                    wirklich stutzig:
der Peso-Schein, der vorher schmutzig,
sieht plötzlich aus wie neu gedruckt,
sauber, farbenfrisch und schmuck.

Das Bügeleisen macht ihn noch
                schön glatt,
daß man so richtig Freude hat.
Sünde hin – Sünde her:
                was soll schon sein –
Hauptsache, ich habe
                einen schönen Schein!

Bitte verrate nicht
                meine Leidenschaften,
denn ich kann wirklich nicht
                dafür haften,
nicht Wiederholungstäterin zu werden,
schließlich sind wir doch
                alle Sünder auf Erden!

Wider die schlechte Laune

Ich bin heut´ nicht einig mit dieser Welt,
einiges hat sich mir quer gestellt,
was ich da wollte, das ist nicht gescheh´n,
es war, um auf die Barrikaden zu geh´n!
Ich mußte es mir denn auch sehr verkneifen,
den Nächstbesten nicht geradewegs anzukeifen.

Dann sah ich im Spiegel mein Gesicht:
von innerer Reife zeugte es nicht.
Es sollte eher eine Ohrfeige kriegen,
um die Gesichtszüge wieder zurecht zu biegen.

Ich hab es nicht getan, wie zu erwarten,
aber eine andere Übung-
                    ich kann sie dir raten:
probier es doch mal
                    vor dem Spiegel zu Haus:
steck dir mit Geheul die Zunge heraus!

Das sieht so blöd aus, da mußt
                    du dann lachen,
wenn´s Spaß macht, kannst du´s
                    auch mehrmals machen:
und schon kommt alles wieder ins Lot,
wenn die Seele lacht, gibt es keine Not,
miese Laune und Ärger
                    verfliegen in den Winden,
so kannst du dich
                    fröhlich wiederfinden,

als das was du wirklich bist –
                heiter – gelassen-
kannst du noch heut´
                dich umarmen lassen.

* * *

Sundowner (*)

Ein Jemand sitzt auf dem Balkone
und genießt die Abendsonne.
Glas und Flasche steh´n bereit,
denn jetzt ist es bald soweit:
wenn sie rot im Meer versinkt,
der Jemand den Tragito (**) trinkt.

Heut hat sie sehr viel Zeit gebraucht,
bis sie endlich abgetaucht,
drum hat man auch schon vor der Zeit
sich einen Schluck genehmigt heut.
Ist sie schließlich dann versunken,
ist der Jemand schon betrunken.
Die Sonne ist ins Bett gebracht,
mal sehn, was der Mond
                nun mit ihm macht...?

(*)   Sundowner ist ein Getränk bei Sonnenuntergang
(**) Trago ist span. „der Schluck" -
     Tragito entspr. „das Schlückchen"

Ansprache an meine Spinnen

Eine Riesen-Spinne in meinem Bad
wie man sie hier ja öfters hat –
wollte ich fangen und
              nach draußen entlassen,
doch fix wie die war,
              konnte ich sie nicht fassen!

Hört mal zu, ihr Spinnentiere:
in meinem Hause i c h regiere !
I h r dürft nun nicht wirklich meinen,
mit euren langen behaarten Beinen
könnt ihr überall herumspazieren,
müßt euch weiter nicht genieren,
in Küche, Bett und auch im Schrank
zu gehen auf Insektenfang.

Ich weiß ja, daß ihr nützlich seid,
aber das geht mir doch
              entschieden zu weit !
Drum bleibt bitte möglichst unsichtbar,
sonst mache ich die Drohung wahr,
werde mit dem Schlappen euch erschlagen,
das war´s, was ich euch wollte sagen.

Als m e i n e Spinnen müßt
              ihr euch bequemen
und euch wirklich gut benehmen,
dann dürft ihr unbehelligt leben
und eure feinen Netze weben ...

Sei gewarnt, mein Freund...

Wenn schlängelnde Schlangen
                in schlingernden Kissen
dich in karibischen Nächten küssen,
schwarze Augen verlockend funkeln,
Merengue und Rum den Verstand verdunkeln,
braune Arme dich umwinden,
daß dir alle Sinne schwinden,
wird es Zeit, mein Freund,
                daß du wieder nüchtern bist,
bevor du deinen Namen vergißt,
denn dein Paß ist schon weg und auch dein Geld:
wie grausam ist diese exotische Welt !

Denn bei Tageslicht besehen
schwindet der Charme der Nacht dahin.
Am Morgen gestehst du dir schließlich ein:
ich muß wohl im Vollrausch gewesen sein.

Doch deine Gefährtin der letzten Nacht,
die hast du wirklich glücklich gemacht!
Du kannst Gift drauf
                nehmen und sicher sein:
heut´ lädt sie die ganze Familie ein:
es sind mindestens hundert Leute,
die sich erfreuen der nächtlichen Beute.

Entwicklungshilfe in romantischer Nacht?
Ich denke, so war das nicht gedacht!

Codetel (*) **– mal wieder...**

Das Business-Fax nicht gelang zur Zeit,
weil Codetel noch nicht bereit,
die Leitung wieder zu reparieren,
die unlängst sie tat separieren.

Das sind doch wirklich schlaue Knaben:
Joes Apparat sie bearbeitet haben,
so daß der wieder funktioniert,
doch meine Leitung ungeniert
einfach irgendwo durchgezwickt,
da bin ich wirklich nicht entzückt.

Nach 3 Tagen kamen sie tatsächlich „schon",
gingen aber gleich wieder auf und davon,
denn im Regen arbeiten,
                das würde nicht gehen,
gaben unbekümmert sie mir zu verstehen.
Sie kämen wieder, wenn es trocken ist:
na, wenn das mal keine Ente ist ...!
So beschwör ich,
                wie in allen hiesigen Fällen,
die Geister, Fallen aufzustellen,
damit man sie fängt und zu mir sendet,
bevor das Ganze im Chaos endet.
Du solltest mal sehen so
                einen Kabelkampf,
ich wette, Du kriegst
                vor Lachen 'nen Krampf!

Daß die überhaupt was
                            zustande bringen,
muß einem wirklich Achtung abringen.
Unsereinem würde das nicht glücken,
in diesem Wirrwarr durchzublicken.

So hoffe ich und trinke wie immer Tee,
und warte bis das Wetter
                            wird wieder scheeeeee......

scheene Sch.... ! ! !

(*) Codetel heißt die hiesige
     Telefongesellschaft

Ein Hoch auf das Internet
(das in diesem paradiesischen Lande
so seine Tücken hat)

Online sind moderne Leute:
Chatten nennen sie das heute.
Per Email kann man Charme versprüh´n,
ohne sich in die Augen zu seh´n!
Der Text ist nicht mal selbst kreiert,
man bedient sich ungeniert,
was das Netz zu bieten hat.
Flotte Sprüche sind parat
vom Heiratsantrag bis zu Ostergrüßen,

da möchte ich doch gern mal wissen,
was Goethe dazu sagen möchte
und was er sich wohl dabei dächte,
wenn Faust mit Gretchen ...
            na du weißt schon was,
das macht Mephisto erst richtig Spaß:
der sagt vielleicht und eventuell:
das war doch alles nur virtuell,
doch das gute Kind kommt in die Höll´,
denn sie hat ihre Mutter umgebracht,
weil sie nicht wußte,
            wie man´s per Internet macht!
Hat sie der doch was
            zum Schlafen gegeben,
soviel, daß diese schied aus dem Leben.
So hat man sie ins Gefängnis getan,
dem Mephisto kam es nicht drauf an.

Hauptsache Faust vergißt das Ganze
als eine lächerliche Romanze
und wählt einen Link
        mit ´nem heißen Strip,
vielleicht machen ja
        auch noch andere mit.
Dann ist Mephisto Herr der Spiele,
was schert ihn Faust – er kriegt so viele
und alle über den Chat zugleich.

Die heutigen Teufel, die haben´s leicht.
Was sind die früher herumgegangen,
um eine einzige Seele zu fangen.
Und wenn sie glaubten,
        jetzt könne es passen,
konnten die Engel es
        mal wieder nicht lassen
und haben den Sünder einfach befreit:
wo bleibt da die Gerechtigkeit?

Doch Internet-Engel sind nicht so schnell,
denn virtuell geht´s direkt in die Höll´
und in den schallisolierten Kammern,
da hilft kein noch so lautes Jammern.

Drum muß man die
        IT-Beichte vorprogrammieren
und alle Teufel im Voraus ausschmieren:
man muß nur rechtzeitig reagieren,
holt sich per Mausklick die Absolution,
ihr wißt ja, das gab es doch früher schon

bei Tetzel und ähnlich pfiffigen Leuten,
die Dummen mit
          Versprechungen auszubeuten!

Doch heute braucht man ´ne VisaCard,
die habe bittschön immer parat,
dann kommt Gottes Hilfe per Internet,
egal ob du busy bist oder im Bett.
Auch einen Engelchor
          kannst du downloaden dir –
doch jetzt der spezielle Rat von mir:

programmiere deine Beerdigung ganz genau
und mach ´ne große Internet-Show,
denn von der Wiege bis zur Bahre:
Internet ist das einzige Wahre!

Ein Ochse saß auf einer Bank ...
... ... und trank ...
er hatte keine Eile
und trank ´ne ganze Weile,
und als die Sonne war versunken,
da hat er immer noch getrunken.
Dies war frei nach Morgenstern (*) -
dem Abendstern lag all dies fern.

Da kam ein Jägersmann daher,
ob ihm denn nicht zu helfen wär´,
den Rest der Flaschen ganz zu leeren:
der Ochs´, der wollt´ ihm das verwehren.
„He, sei doch nicht so ungemütlich
und einige dich mit mir gütlich,
weil ich dich nämlich sonst erschieß´
und zieh dich auf ´nen langen Spieß.
Beim Braten kannst du überlegen,
ob du zu keck warst und verwegen.“

Es seufzte die Bank und brach zusammen,
vor Schreck der Jäger sprang von dannen.
Der Ochs´ macht´ ein verschmitztes Gesicht,
ob seiner Moral von der Geschicht´:
„Wer unten liegt kann, nicht tiefer fallen,“
begann er vor sich hin zu lallen ...
„So dumm ist das gar nicht ´mal gelaufen:
man kann auch am Boden weiter saufen...“

(*) nach Christian Morgenstern

... leider keine Zeit...

Heute Abend? Nein, es tut mir leid,
ich habe leider keine Zeit...
Ich versprach meiner Seele:
den Gesang des Meeres
im lächelnden Mondlicht
und das Flüstern der Sterne,
das Streicheln des Windes,
und das Wispern der Palmen
über dem kühlen Sand
am einsamen Strand,
die Schönheit
   einer raunenden Muschel,
und das heitere Lachen
eines seltsam gewundenen Astes,
das zwitschernde Zirpen der Grillen,
und die fliegenden Lichter
    der Glühwürmchen
und manch andere Wunder am Wege....
Sie wartet darauf, und ich weiß:
ein Nachtmahl wird sie bereiten
aus all dem, was ich sie kosten ließ.
Sie fügt hinzu:
ihre zärtlichen Farben,
geheimnisvolle Klänge,
den Geschmack würziger Luft,

sanftes Wiegen und Gewiegtsein
und zaubert daraus
ein Märchen voll umarmender Liebe.

Tausendfach belohnt sie mich.
Verstehst du jetzt,
was mich hinaustreibt,
ihr all das zu sammeln
für einen magisch- erleuchtenden Traum,
der mich umfängt und umhüllt,
mich sanft entführt
              in die Stille der Nacht.

Ein andermal gern - es tut mit so leid,
aber h e u t e Abend habe
                    ich keine Zeit....

Knigge – karibisch

Wer sich ständig daneben benimmt,
schadet der Karriere ganz bestimmt!
Mag man noch so sehr bedauern,
wenn Talente so versauern!

Herr von Knigge hat das Manko erkannt
und gab in seinem Buch bekannt,
wie sie lauten all die Regeln,
daß man beibringt sie den Flegeln.

Um global sich zu beweisen,
ging er oftmals auch auf Reisen,
wollte stets sein Werk ergänzen
und mit neuem Lorbeer kränzen.

Was d a n n kam, bleibt nur zu vermuten:
als Taucher sprang er in die Fluten.
Doch im tiefen karibischen Meer
schwamm ein großer Hai daher.
Ganz verstört vor Schreck und Qual
Knigge zog den blanken Stahl.

Sprach drauf der Riesen-Menschenfresser:
was denn, Knigge, Fisch mit Messer?
Das hat sich Knigge denn doch nicht getraut
und brav sein Messer wieder verstaut.

In einem Stück hat ihn der Hai verschlungen
und das bekannte Lied gesungen,
das ich hier nebenbei erwähne:
„...und der Haifisch, der hat Zähne..."

Ein paar Blasen stiegen auf,
so endet Knigges Lebenslauf.
Sanfte Entwarnung für Kind und Kegel:
ihre Ausnahme hat eben jede Regel!

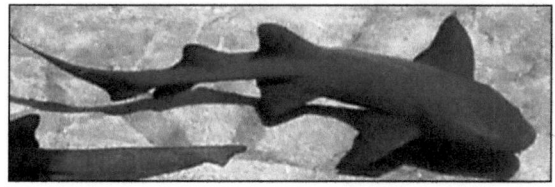

Die Solo-Grille

Eine Grille – sie meint, zu Höherem geboren –
hat mein Fensterbrett als Bühne erkoren,
um sich als Solo - Sopran zu üben,
abseits von der Masse der andren dadrüben.

Denn mit denen zu zirpen im üblichen Chor
kam ihr wohl wie Verschwendung vor
für ihr einmalig –wundervolles Talent,
das dringend auf Entfaltung brennt.

Ich teilte nicht ihre Begeisterung
und empfand ich es auch nicht als Bereicherung.
Schlaflos ihren Tönen zu lauschen,
konnte mich keineswegs berauschen.

Doch sie wollte den Unfug nicht lassen,
da kriegt´ ich endlich sie zu fassen
und habe sie in die Wildnis geschickt.
Dort weinte sie – in der Seele geknickt,
denn Spott und Gelächter der Kollegen
erduldete sie nun meinetwegen.
Aus und vorbei mit der Solo - Karriere,
die ohne mich sicher gelungen wäre:
so saß sie betrübt im hohen Gras,
wo sie sehr bald ein Vogel fraß.

Daraus folgt wieder und noch einmal:
jede Geschichte hat ihre eigene Moral.
Bist du in Gottes Pelz eine Laus,
mach dir weiter nichts daraus.
Aber hüte dich, ihn zu plagen,
denn das kann er nicht vertragen.

Ob Menschen, Läuse oder Grillen -
alle unterstehen einem höheren Willen.
Wenn der auch mit Wohlwollen meist nicht geizt,
besser ist´s, wenn man ihn nicht reizt.
So pflege ein jeder seine Talente im Stillen,
damit´s gut endet...um Himmelswillen!!!

Die tropische Natur

Wir lieben die tropische Natur
und ihre vielfält´ge Kreatur.
Wir lieben Pferde, Hunde
                    und die Katzen
mit ihren sametweichen Tatzen,
wir lieben Fische, Echsen
                    und in der Regel
all die großen und kleinen Vögel.
Wenn Falter durch die Lüfte fliegen,
sehen die Augen es mit Vergnügen.

Mit Spinnen kann man sich arrangieren,
da muß man gar kein Wort verlieren,
die Schlangen hier sind ungefährlich,
aber Biester gibt´s, seid doch mal ehrlich:
mit Mosquitos und Cucarachas (*)
hört doch wirklich auf der Spaß !

Vielleicht findet ihr´s ja lächerlich,
doch frank und frei bekenne ich:
um diese Viecher zu lieben auf Erden,
muß ich noch mal geboren werden....

(*) span: Küchenschaben

All ihr großen und kleinen Hormigas, (*)
Hört mal zu, ich sag euch was:
ich geb euch ganze 4 Viertelstunden,
dann seid ihr allesamt verschwunden,
sonst ist´s vorbei mit der Krabbelei,
denn ich hole ein Spray herbei,
das absolut nicht köstlich erfrischt,
wenn es euch gnadenlos erwischt.
Ihr habt´s gehört... das wär´s gewesen,
ich setz mich hin, ein Buch zu lesen.

Nach 30 Minuten hab ich mal nachgesehen,
gütiger Gott, was war j e t z t geschehen?
Die doppelte Anzahl – ganz ohne Grund!
Tranquilo (**): wir haben noch ´ne halbe Stund!

Nach 60 Minuten wieder hingeschaut,
hab meinen Augen ich nicht getraut !
Ob ihr´s glaubt oder nicht, es ist wirklich wahr:
keine einzige Ameise war mehr da.

Wieder mal hab ich dazugelernt,
mich für den Grundsatz neu erwärmt:
ob Mensch oder Tier: miteinander sprechen,
bevor man meint , man muß sich rächen...

(*)   Hormigas = span. >>> Ameisen
(**) span.: ruhig, nur die Ruhe!

Rezept aus südlichen Landen

Wenn die Tage brütend heiß,
auf der Stirne steht der Schweiß,
die Lebensgeister nicht recht mögen,
erweist sich dies als wahrer Segen:

Bei solchem Wetter einfach ein Muß
ist eine Gaspachio andaluz !
Eine spanische Gemüsesuppe –
                    kalt serviert,
ich verrat´ dir, was da hinein gehört:
5 Tomaten im Mixer pürieren,
2 rote Paprikas zuführen,
mit Gemüsebrühe rechtzeitig verdünnen,
sonst fängt der Mixer an zu spinnen.

Damit das Ganze auch richtig mundet,
wird mit folgenden Zutaten abgerundet:
Kräutersalz, rosa Pfeffer,
                3 (-5) Zehen Knoblauch,
etwas grüner Pfeffer und Rosmarin auch,
reichlich spanisches Olivenöl –
bitte das kalt gepreßte wähl´.
Zum Schluß kann ich dir
                    nur noch raten:
etwas Sahne unterziehen
                und einen Tag warten:
gut gekühlt hat nach 24 Stunden
die Suppe ihr Aroma erst richtig gefunden.

Stilecht gereicht gehören
                kleine Würfel dazu,
von Paprika und Zwiebeln
                geschnipselt im Nu,
zusammen mit Croutons
                im Schälchen serviert,
jeder sich selbst seine Suppe garniert.
Toast und Butter auf den Tisch –
doch das versteht von selber sich.

So eine Vitaminkur macht beschwingt –
egal, was der übrige Tag noch bringt.
Allseits wünsche ich gutes Gelingen
und besten Appetit vor allen Dingen...

                        Alexa

Ratschlag für einen einsamen Frosch

Ein Frosch, der quakt im Mondenschein
und fühlt sich fürchterlich allein.
Er ruft nach einem netten Weib,
daß es ihm die Zeit vertreib.
Wie er auch quakt und ruft und schreit,
kein Weibchen hört ihn weit und breit.
Oh, einsam-armes Fröschelein,
geh doch in den Gesangsverein!
Denn quaken kannst du noch so viel,
der Stimme fehlt der Sex-Appeal !
Du kannst nicht wie die Lerche singen,
doch etwas sexy sollt´ es klingen,
und herzbewegend muß es sein,
dann bist du sicher bald zu Zwei´n !

So ein Ferkel ...

Ich will euch keinen Bären aufbinden
und auch keine Story erfinden,
doch es ist wirklich wahr,
      Bernie kann es bezeugen,
um von mir einmal ganz zu schweigen:
ein Schweinchen kam
          heute vorbei in Las Olas,
wir rieben die Augen, wie gibt es denn so was?
Voller Lebensfreude und quietschvergnügt
hat´s wohl irgendwo die Kurve gekriegt,
zielstrebig galoppierte es nach Cabarete,
als ob es dort ´ne Verabredung hätte.
Was immer man über diesen Tag auch sagt,
auf jeden Fall haben wir Schwein gehabt!!

Wilhelm Busch (Ausschnitt)

Das Spiel der karibischen Abendwolken

Am Himmel versammelt ein heiteres Völkchen
rosaroter Abendwölkchen:
bilden Figuren und schneiden Gesichter,
verändern sich und werden lichter,
mindern oder mehren ihr Volumen,
ballen zu Tieren sich oder Blumen,
treiben Schabernack mit der Fantasie:

gib acht, sonst vergeht ihre Parodie
schneller als dein Auge sie deuten kann,
schweben davon auf magischer Bahn...
und wenn ich fleh´: bleibt noch ein bißchen,
schickt eines mir ein Purpur-Küßchen,
lächelt und segelt davon geschwind
als letzter Gruß im Abendwind ...

Karibische Loreley
(frei nach Heinrich Heine)

Ich weiß nicht, was kann das bedeuten,
daß ich so heiter bin:
ein Traum aus vergangenen Zeiten,
der will mir nicht aus dem Sinn.

Die Luft ist so lau und es dunkelt
und ruhig wird´s um mich her,
der Sternenhimmel, der funkelt,
ein Nachtlied singt mir das Meer.

Die Palmen, sie rauschen so leise
und wiegen im Winde sich,
ich kenne die alte Weise
und wieder erinn´re ich mich:

ich fühle die Füße im Sande
umspült von Wellen am Strand,
ich spür´ mich im Sommergewande
im fernen karibischen Land.

Ich wußte, als ich dann erwachte,
mein Traum ist ja Wirklichkeit......
noch schöner als ich´s je erdachte
in meiner Kinderzeit...

Das Sandmännchen von „Las Olas"

Das Sandmännchen – ganz unverhohlen –
schleicht sich an auf leisen Sohlen,
streut dir ´ne Prise in die Augen,
damit die morgen wieder taugen
und munter blicken in die Welt hinein,
der Sand kann nur aus „Las Olas" sein...

Der macht, daß man himmlisch träumt,
so daß man morgen aufgeräumt
in den Tag voller Tatendrang startet:
so hat´s das Sandmännchen erwartet!
Denn es will vor allen Dingen,
daß alle Arbeiten gelingen,
man nicht trinkt zuviel und ißt zu fett,
sondern immer rechtzeitig geht zu Bett.

Drum muß ein kleines Loblied her,
denn manchmal hat´s das Männlein schwer,
muß 3 bis 4 mal oder öfter kommen,
bis der sture Mensch vernommen,
den Sand nicht einfach wegzuschnipsen,
sondern nun endlich mal ...
             ...das Licht auszuknipsen.

* * * * *   aber...
... bevor wir das Licht ausknipsen, lesen wir
noch schnell auf der folgenden Seite, was
nach einer Idee von Christa Priewe über
und für Alexa geschrieben wurde >>>

Glatte spiegelnde Oberfläche
voll schimmernder Reflexe
und glitzernder Lichterfunken!
Du blendest mich, entziehst dich der Nähe,
verbirgst zu sorgsam dein Geheimnis!
Nur manchmal dringt
der lebendige Schimmer der Tiefe empor,
taucht anmutiges Wassergetier
an die Oberfläche,
murmelt wundersame Geschichten
von verschlossenen Muschelgehäusen
und verschwiegenen Schneckenpanzern
im Sonnenlicht kristallenen Wassers,
stimmt Lieder an,
die korallengeschmückte Nixen im
türkisschimmernden Zaubergarten tanzen,
flüstert vom Seepferdchenritt
der Wassergeister
durch funkelnde Smaragdwälder,
in deren Tiefe
die alte Weisheit ihrer Mythen wohnt.
Spiegelnd glatte Oberfläche,
kannst mit deiner blenden Helle
nicht mehr den Einlaß mir verwehren,
weiß ich doch nun um das geheime Tor
zu deiner Wunderwelt,
die du so sorgsam verbirgst
unter glitzernden Lichterfunken.

(nach einer Idee von Christa Priewe)

Ein facettenreicher Gedichtsband:
augenzwinkernd und hintergründig,
tiefsinnig und provokant, voller
Liebe und Naturverbundenheit.
Ein Spiegel nicht nur des bewegten
Lebens seines Autors
        Joachim Priewe,
sondern auch unserer Gesellschaft

ab Frühjahr 2008 im Buchhandel

Der Kuß der weißen Schlange

ISBN: 9 783833 496042

* In Tatsachen gekleidet
fühlt die Wahrheit sich eingeengt.
Im Gewande der Dichtung
bewegt sie sich leicht und frei *

sagt Rabindranath Tagore ... und ich möchte fortfahren:
Legen wir also den zu engen Hut ab, der nur Kopfschmer-
zen bereitet, und geben der Wahrheit diese dichterische
Leichtigkeit und ihren Schwingungen die Freiheit.
Ich lade meine Leserinnen und Leser ein,
teilzunehmen an einer besonderen ´´Talk Show´´
über spirituelle Philosophie, Poesie und Fantasie
mit dem weisen mythischen Wesen Ishtuahavi,
der weißen Schlange.

Wo?   Im Paradies auf der Karibikinsel Hispaniola
Wann? Jetzt – oder wann immer Sie wollen.

Mögen Nachdenklichkeit und Traum-Erleben gleicher-
maßen angeregt und zum Genuß werden.
Dann hat es gelohnt, dieses Buch geschrieben zu haben,
denn es hat seine Bestimmung erreicht und den sensi-
blen, aufgeschlossenen, unalltäglichen Leserkreis gefunden, an den es sich wenden will.

Alexa Rostoska   Isla Hispaniola , 2007
alexa-rostoska@web.de

click im Internet für alle weiteren Informationen:
www.amazon.de und **www.bod.de**

Alexa Rostoska

DER KUSS
DER WEISSEN
SCHLANGE

Roman in heiter-ernsten Gesprächen
über spirituelle Philosophie

Eine moderne Ketzerin führt unverkrampft, heiter und unaufdringlich den überzeugten Christen zum kritischen Nachdenken, den Christentum-Gegner zur Versöhnung, den Atheisten zu für ihn nachvollziehbaren Sichtweisen, liest aber auch Pseudo-Esoterikern auf humorvolle Art die Leviten.
„Kostet doch mal" –
so lautet ihre Einladung, ganz entspannt an ihren fantasievollen „Talks" im karibischen Ambiente teilzunehmen.

KASPAR SPRICHT:
SEI FREI WIE
WIND UND WOLKEN
Ernste und heitere Gedichte von Alexa Rostoska

Titel der Gedichte bei www.kaspar-spricht.de

Haben Ihnen die Bücher von **Alexa Rostoska** gefallen? Dann freuen wir uns, wenn Sie über
„Mir träumte..."
und / oder
„Der Kuß der weißen Schlange"
bei www.amazon.de eine Online-Rezension schreiben würden. Wir bedanken uns dann bei Ihnen mit dieser für Sie persönlich von
Alexa Rostoska signierten CD.
>>> *und das geht so:*
einloggen mit Ihrer Internetadresse und Ihrem individuell kreierten Paßwort >>>Buch aufrufen >>>Cover anklicken >>> weiter unten zu >>>Online –Rezension.
Schicken Sie uns bitte eine Kopie und Ihre Adresse via
SUNS.Inter@directbox.com.

Wir freuen uns schon sehr auf Ihr Feedback!

Ein **Paradies** g e s c h e n k t **? ? ?**

…das ist vorbei seit Adam und Eva !!!
aber …
ein Stück **PARADIES kaufen** –
ja – das geht immer (noch!)

Ihr persönlicher Engel
verrät Ihnen alle Geheimnisse:
www.island.in.the.sun.4ever.ms
SUNS.Inter@directbox.com
€uro-Kunden kaufen so günstig wie nie:
Hoher €uro – niedriger US$
(Finanzierung kein Problem)

einige links:

www.island.in.the.sun.4ever.ms
www.dream.caribbean.home.in.love.ms
www.house.in.house.penthouse.dream.
in.love.ms
www.caribbean.penthouse.studios.in.love.ms

email-contact: SUNS.Inter@directbox.com

Alexa Rostoskas Rezensionen anschauen bei
www.amazon.de
www.google.de >>> Alexa Rostoska >>>Einträge

… und was für Geistesblitze kommen da
demnächst noch aus heiterem Himmel ?

© „ **Die Berg- und Talpredigt** "

Freche Sprüche

© „ **… der werfe den ersten Stein**

Drehbuch über das Schicksal eines Jesuitenpaters

© „ **Das dritte X** "

Drehbuch über die verhängnisvolle Geschichte
einer unerkannten Mörderin